Robert Beyersdorff

Die Raumvorstellungen

Antigonos

Robert Beyersdorff

Die Raumvorstellungen

Unveränderter Nachdruck der Originalausgabe von 1879.

1. Auflage 2024 | ISBN: 978-3-38670-372-7

Antigonos Verlag ist ein Imprint der Outlook Verlagsgesellschaft mbH.

Verlag: Outlook Verlag GmbH, Zeilweg 44, 60439 Frankfurt, Deutschland
Vertretungsberechtigt: E. Roepke, Zeilweg 44, 60439 Frankfurt, Deutschland
Druck: Libri Plureos GmbH, Friedensallee 273, 22763 Hamburg, Deutschland

Die Raumvorstellungen.

Metaphysische Untersuchung.

Von

Dr. Robert Beyersdorff.

Berlin.

Carl Duncker's Verlag.

(C. Heymons.)

1879.

Einleitung.

„Was ist der Raum? Dieses allgegenwärtige Nichts, aus welchem kein Ding herauskann, ohne aufzuhören etwas zu sein?"

Schopenhauer, Welt als Wille und Vorstellung, Bd. II. p. 37.

Von allen Vorstellungen, die wir von der Aussenwelt haben, scheinen dem gewöhnlichen, unbefangenen Beobachter die Raumvorstellungen am sichersten und nothwendigsten einem wirklichen, äusseren Dasein, dem des Raumes zu entsprechen. Denn wenn auch unsere Sinne uns über die Art des Daseins der Dinge und ihre Eigenschaften, über ihren Ort und ihre Bewegung im Raume täuschen können, in einem scheint die Täuschung unmöglich, nämlich über das Dasein des Raumes selbst, der ja erst vorhanden sein muss, damit die Dinge überhaupt einen Ort und eine Bewegung in ihm haben können. Es ist unmöglich, uns Dinge anders als ausgedehnt vorzustellen, und Ausdehnung, was ist das anders als Raum? Er muss vorhanden sein; denn was immer auch in der Aussenwelt uns erscheint, es stellt sich uns dar mit räumlichen Bestimmungen. Jedes Ding nimmt ein bestimmtes Quantum davon ein und zeigt uns in der Verschiedenheit seiner Begrenzung die Fülle der Raumformen, zeigt uns in der Menge der Linien, die wir von jedem zu jedem andern ziehen oder gezogen denken können, die Menge von räumlichen Beziehungen, in denen es zu andern steht, und die seinen Ort im Raume bestimmen. Nicht ein Mal einen raumlosen Punkt können wir uns vorstellen, ohne ihm wenigstens e i n e räumliche Bestimmung, die

seines Ortes, anzuweisen   Alles, was in unsere Sinne fällt, ist dem
Raume verfallen; und wenn die Sinneswahrnehmungen nicht unmittel-
bar eine räumliche Bestimmung mit sich führen, wie die der Töne
und des Geruchs, so suchen wir ihnen dennoch eine solche, wenigstens
einen Ort ihrer Herkunft, beizulegen. — Aber die Dinge in ihrer
Körperlichkeit und ihren Raumbeziehungen zeigen uns nicht allein
das Dasein desselben; zwischen ihnen liegt ja das, was scheinbar allen
Augen sichtbar und durch seine Widerstandslosigkeit unserm eignen
Körper fühlbar, der leere Raum genannt wird. Auch ihn, den leeren
Raum, können wir ja messen in der Länge seiner Entfernungen wie
mit kubischem Maass, wir können ihn beliebig theilen und beliebige
Theile davon durch feste Formen umschliessen. Ueberall, in den
Dingen wie ausser den Dingen, steht er uns als ein messbares Etwas
vor Augen, zu dem wir in der Ferne mittels Fernrohr und Mess-
instrumente immer neue Weiten hinzugewinnen, in denen wir den
fernsten Gestirnen ihre Bahnen nachrechnen. Und wenn man früher
in einer Art frommen Glaubens diesem Etwas Unendlichkeit zuschrieb,
kann man jetzt nicht fast sagen, dass diese Unendlichkeit des Raumes
wirklich erfahren, da in Fernen, die nach Sirius-Weiten messen, immer
nur noch neues Grenzenloses vor uns liegt? — Auch in unseren
ästhetischen Genüssen macht die Wirklichkeit des Raumes sich geltend.
Ueberall sprechen wir in der Architektur von Raumwirkungen, und
wer am Strande des Meeres oder auf dem Meere selbst in die
endlose Ferne hinausblickt oder auf hohem Berge stehend, die Wirkung
des Raumes auf sich fühlt, so dass er sich wie ein Nichts dem gegenüber erscheint, dem kommt sicher nicht der Gedanke, dass dieses
ihn so mächtig ergreifende Etwas ein leeres Nichts sei. — Den Raum
als ein wirklich ausser uns existirendes Etwas zu betrachten, das wird
immer die Anschauung des unbefangenen Menschen sein; immer wird
er ihm als eine Art Substrat erscheinen, das die Existenz der Dinge
ja seine eigene Existenz (die des Menschen) erst ermögliche, ohne
sich darum zu kümmern, ja ohne auch nur daran zu denken, ob er
denn eigentlich sagen könne, was dieses ihm so vertraute und scheinbar

so wohlbekannte Etwas denn eigentlich sei. — Auch die empirische Wissenschaft setzt die objective Existenz des Raumes fast überall ohne Weiteres voraus; er steht für ihre Berechnungen und Messungen fest und sicher da, ohne dass seine Theile sich bewegten und in einander flössen und so ihre genaue Rechnung täuschten; und wenn nicht andere Ueberlegungen an dieser seiner objectiven Existenz uns zweifelhaft machten, sie würden uns sicher diesen Zweifel nicht erwecken, im Gegentheil uns durch ihre genauen Bestimmungen die grösseste Gewissheit über das objective Dasein des Raumes geben.

I.

Der Raum ist kein objectiv Reales sondern nur eine subjective Vorstellung.

Bevor wir nun in diese anderen, eben angedeuteten Ueberlegungen eintreten, wollen wir noch auf die genauere philosophische Fassung jener dem unbefangenen Beobachter so selbstverständlichen Anschauung einen Blick werfen. Locke als einer der Hauptvertreter der neueren empirischen Philosophie sei dabei unser Leiter.

Der Raum hat eine wirkliche, objective Existenz, die wir durch Gesicht und Tast-Vermögen wahrnehmen, und der unsere Vorstellung davon durchaus entspricht und ähnlich ist. Dies ist für Locke so augenscheinlich, dass es ihm ebenso unnöthig erscheint, »den Beweiss dafür zu führen, dass Menschen durch ihr Gesicht eine Entfernung zwischen Körpern von verschiedenen Farben oder zwischen den Theilen desselben Körpers wahrnehmen, als den, dass sie Farben selbst wahrnehmen.« [1] Ja, mehr noch als Farben und andere Sinnesempfindungen den wahren Qualitäten der Dinge entsprechen, entsprechen unsere Raumvorstellungen dem wahren Wesen des Raumes; denn die Raumvorstellungen wie Ausdehnung und Figur gehören zu den »primären Vorstellungen«, deren Muster in den Dingen selbst existiren, und von denen die Vorstellungen nur Abbildungen sind, während die »secundären Vorstellungen« wie die Farben keine Abbildungen und so wie wir sie vorstellen, in den Dingen nicht vorhanden sind. —

---

[1] Locke, Essay concerning human understanding. Book II. ch. 13. § 2. I have showed above, that we get the idea of space both by our sight and touch; which I think is so evident, that it would be as needless to go to prove that men perceive, by their sight, a distance between bodies of different colours, or between the parts of the same body, as that they see colours themselves; nor is it less obvious that they can do so in the dark by feeling and touch.

Der Raum fällt nicht etwa mit der Ausdehnung in den Dingen zusammen, sondern er ist etwas an sich Existirendes auch zwischen den Dingen und ausser den Dingen; »die Ausdehnung des Raumes ist die Continuität unkörperlicher, untrennbarer und unbeweglicher Theile.« (The extension of space is the continuity of unsolid, inseparable and immoveable parts.)[1] — Indem wir dann von der Vorstellung einer bestimmten Raumgrösse ausgehen, finden wir, dass wir diesse so oft verdoppeln oder sonst vergrössern können, als es uns beliebt, indem nichts unsern Gedanken darin Schranken setzt. (cf. Book II. 17. 3 ff.)   Nach noch so oft wiederholter Verdoppelung oder Addition findet sich nicht mehr Grund Halt zu machen als zu Anfang, und wir sind nicht um ein Jota der Grenze dieser Erweiterung näher gekommen.   So entsteht in uns die Idee von der Unendlichkeit des Raumes. — Freilich ist unsere Idee von seiner Unendlichkeit noch kein Beweis dafür, dass der Raum an sich unendlich sei; aber auch dies muss angenommen werden; denn, sagt Locke, mag man den Raum ansehen als Ausdehnung an den Dingen oder als Ausdehnung an sich, d. h. als leeren Raum, immer wird es uns unmöglich sein, irgend eine Grenze desselben aufzufinden oder anzunehmen und irgendwo in ihm mit unsern Gedanken Halt zu machen.   Jede körperliche Grenze, und wären es auch »diamantene Mauern«, würde nur den Fortschritt unserer Gedanken in Raum und Ausdehnung erleichtern; denn soweit jener Körper, jene Mauern reichen, ist die Ausdehnung gewiss vorhanden, und wären wir an die äusserste Grenze dieser körperlichen Grenze gekommen, wie könnten wir uns dann davon als von einer den ganzen Raum einschliessenden Grenze befriedigt fühlen, da wir sofort einsehen, dass es keine Grenze für ihn ist, da jenseits derselben sich wieder jene Leere ausdehnt, aller erdachten Raumgrenzen spottend?   »So that, whereever the mind places itself by any thought, either amongst or remote from all bodies, it can in this uniform idea of space nowhere find any bounds, any end; and so must necessarily conclude it, by the very nature and idea of each part of it, to be actually infinite.«[2]   Die Unendlichkeit des Raumes

---

[1] Essay conc. etc. Book II ch. 8 § 9 u. 15; ch. 4 § 5; ch. 13 § 12. 13. 14. 21.

[2] Book II. 17. § 4.   So dass, wohin auch immer der Geist sich gestellt denkt, ob zwischen oder fern von allen Körpern, er in dieser gleichförmigen Vorstellung des Raumes nirgends irgendwelche Grenzen, nirgends ein Ende

an sich ist so freilich eine nothwendige Annahme; aber dennoch werden wir niemals zu wirklicher Vorstellung des unendlichen Raumes gelangen; denn die Idee von der Unendlichkeit des Raumes ist nichts als ein nothwendigerweise angenommener endloser Fortschritt, als eine endlose Erweiterung von in Gedanken gesetzten Grenzen, eine beständig wachsende Grösse, während die wirkliche Vorstellung eines unendlichen Raumes schon das Ende jenes unendlichen Fortschrittes jener unendlichen Reihe einschliessen müsste, was sich selbst widersprechend. [1])

Wir werden uns nun zur Untersuchung der Sätze über das objective Sein des Raumes und versparen es uns für später, von Lockes letzteren vortrefflichen Bemerkungen über die Unmöglichkeit einer wirklichen Vorstellung des unendlichen Raumes an passender Stelle Gebrauch zu machen. — Schon der erste Satz Lockes ruft mancherlei Bedenken in uns wach, dass wir nämlich den Raum durch Gesicht und Tastsinn ebenso wahrnehmen sollen wie alle anderen Sinnesempfindungen. So ohne Weiteres ist dies doch wohl nicht der Fall. Unsere Gesichtsempfindungen sind doch zunächst nichts Anderes als Wahrnehmungen von Farben, von Licht und Schatten; Formen der Dinge können uns durch sie nicht unmittelbar überliefert werden, was wir sehen, ist zunächst nur gleich- oder verschiedenartig Gefärbtes in helleren oder dunkleren Abstufungen der Beleuchtung. Und gesetzt auch, wir sähen unmittelbar Flächen, so würden sie doch immer, da sie jeden Körper umschliessen, die wahre Körperlichkeit desselben unsern Blicken verbergen; denn so oft wir ihn auch theilten, immer würde er neue Flächen darbieten, die seine körperliche Ausdehnung

---

findet, und dass er so, gerade wegen der Natur und Vorstellung jedes Theiles des Raumes, sich zu dem Schlusse genöthigt sieht, dass der Raum in Wirklichkeit unendlich ist. —

[1]) Book II. 17. § 7 u. § 8 am Ende: As an idea of motion not passing on would perplex any one, who should argue from such an idea, which is not better than an idea of motion at rest: and such another seems to me to be the idea of a space or (which is the same thing) a number infinite, i. e. of a space or a number, which the mind actually has, and so views and terminates in; and of a space or number which in a constant and endless enlarging and progression, it can in thought never attain to. For how large soever an idea of space I have in my mind, it is not larger than it is that instant that I have it, though I be capable the next instant to double it and so on in infinitum: for that alone is infinite, which has no bounds, and that the idea of infinity, in which our thought can find none.

uns verhüllten. — Mit dem Tastsinn geht es uns nicht besser; denn zunächst offenbart auch er uns nur den grösseren oder geringeren Widerstand, den ein Körper unseren Händen oder sonstigen Theilen des Körpers darbietet, und in diesem Widerstande liegt unmittelbar nichts von der Ausdehnung des Körpers. — Es handelt sich jedoch gar nicht allein um die Ausdehnung an den Dingen; den leeren Raum selbst, die reine Ausdehnung, die Entfernung zwischen den Dingen sollen wir ja wahrnehmen wie andere Sinneswahrnehmungen! Wie kann man aber den reinen Raum sehen, da er doch nicht gefärbt ist? Denn das einzige, was von ihm als eine Art Attribut ausgesagt werden kann, ist ja allein die Ausdehnung, das Nebeneinander seiner unkörperlichen, untrennbaren und unbeweglichen Theile, sonst gar nichts. Und wie kann die leere Ausdehnung gefühlt werden, da sie doch nicht körperlich ist und folglich nicht in uns die Vorstellung eines Widerstandes hervorrufen kann? —

Aber gesetzt, man wollte zugeben, was nicht zugegeben werden kann, dass auch der leere Raum uns durch Gesicht und Tastsinn wahrnehmbar sei, wie verhält es sich dann ferner mit dem Satze, dass unsere Vorstellung vom Raume der objectiven Existenz desselben durchaus entspreche und nur ein Abbild des letzteren sei? Von den Farben und andern Sinneswahrnehmungen hat Locke selbst überzeugend nachgewiesen, dass sie nur unsere Symbole für uns unbekannte Qualitäten der Dinge sein können, da sie wechseln sowohl nach den Zuständen des sie empfangenden Subjectes wie nach den äusseren Umständen, unter denen sie hervorgebracht werden, und da sie aufhören zu sein, sobald das Subject fehlt, das sie wahrnimmt.[1] Von seinen sogenannten »primary qualities«, zu denen auch Ausdehnung und Figur gehören, behauptet er das Gegentheil; sie sollen so, wie sie uns erscheinen, den Dingen selbst innewohnen, ja sie gerade es sein, die uns auch die secundären Vorstellungen hervorrufen. — Zu untersuchen, in wiefern Locke Recht oder Unrecht hat in diesem Letzteren, kann hier nicht unsere Absicht sein; für uns ist die Frage, ob solche objectiv an den Dingen existirenden Formen der Ausdehnung in uns genaue

---

[1] Cf. Book II. § 15 ff. § 17: Take away the sensation of them; let not the eyes see light or colours, nor the ears hear sounds; let the palate not taste, nor the nose smell; and all colours, tastes, odours and sounds, as they are such particular ideas vanish and cease and are reduced to their causes, i. e. bulk, figure and motion of parts.

Abbilder davon als Vorstellungen erzeugen können. Locke giebt uns nur die Behauptung, den Beweis dafür, die Erklärung des Wie bleibt er uns schuldig. Freilich sagt er, (Book II. 8 § 12) »es ist augenscheinlich, dass irgend eine von den Dingen ausgehende Bewegung durch unsere Nerven dem Gehirn oder dem Sitz der Empfindung mitgetheilt werden muss, um dort in unserem Geiste die besonderen Vorstellungen, die wir von ihnen haben, hervorzubringen«; aber die fast wörtlieh gleiche Beschreibung desselben Prozesses auch für unsere secundären Vorstellungen, die doch von den wahren Qualitäten der Dinge verschieden sind, sollte vielmehr zu dem Schlusse führen, dass auch jene ebenso wie diese nicht treue Abbildungen des wahren Seins der Dinge seien. [1]) In beiden Fällen ist es von Aussen kommende Bewegung, die sich bis zum Gehirn fortpflanzt und dort die verschiedenartigen primären und secundären Vorstellungen hervorbringt. Beide sollten, darnach zu urtheilen, auch in gleicher Weise den wahren Qualitäten ähnlich oder unähnlich sein. Locke setzt nur die zweiten als unähnlich, weil ihm dies aus andern Gründen gewiss war, und deutet an, dass ihm die Aehnlichkeit im ersten Falle als das eigentlich Selbstverständliche und Natürliche erschien. Und doch ist dies durchaus nicht so selbstverständlich. Selbstverständlich könnte es nur dann scheinen, wenn Bilder jener Raumformen von den Dingen sich lösen und fertig in den Sitz der Wahrnehmung eintreten könnten, um dort ein zweites Dasein zu führen. Ich sage, könnte es scheinen; denn auch hier wäre die Schwierigkeit nur zurückgeschoben, die in der Frage sich von Neuem geltend machen würde, wie nun das Subject zum einheitlichen, zusammenfassenden Bewusstsein der in ihm vorhandenen ausgedehnten Raumbilder käme. Wie man auch immer über die psychophysiologische Entstehung der Raumanschauungen denken mag, — und wir werden später, wenn wir die psychologische Entstehung der Raumvorstellungen erörtern werden, darauf zurückkommen, — ja, selbst wenn unsere Sinneseindrücke noch bis zum Gehirn

---

[1]) Book II. 8. § 12: And since the extension, figure, number and motion of bodies of an observable bigness may be perceived at a distance by the sight, it is evident, some singly imperceptible bodies must come from them to the eyes, and thereby convey to the brain some motion, which produces these ideas which we have of them in us. — § 13: After the same manner that the ideas of these original qualities are produced in us, we may conceive that the ideas of secondary qualities are also produced, viz. by the operation of insensible particles on our senses etc.

in einer den objectiven Formen entsprechenden Configuration kämen, immer müsste, um diese Configuration zu unsrer bewussten Wahrnehmung zu machen, sie irgendwo vom Bewusstsein einheitlich zusammengefasst, ihre Ausdehnung und Form vernichtet werden, da wir nicht annehmen können, dass unsere Raumvorstellungen in uns Ausdehnung haben.

Ist schon hier bei den Raumformen der Körper die Gleichheit des Abbildes mit den Formen der Dinge an sich nicht so selbstverständlich und nothwendig, wie Locke meint, so wird sie durchaus fraglich in Bezug auf den leeren Raum. Denn, obgleich er die Möglichkeit für alle möglichen Formen enthält, ist er selbst doch formlos; die reine Ausdehnung hat keine bestimmte Gestalt, die in uns, so wie sie objectiv ist, reproducirt werden könnte; der Raum ist formlos, da er grenzenlos ist; denn jede Gestalt oder Figur in die wir ihn eingeschlossen dächten, hätte ihm Grenzen gesetzt.

Doch bis jetzt haben wir, die Objectivität des leeren Raumes stillschweigend voraussetzend, uns nur mit der Frage befasst, ob und in welcher Weise von ihm und den in ihm liegenden Formen uns Vorstellungen entstehen können. Wir müssen unsere Untersuchung nunmehr auf das eigentliche Centrum der ganzen Frage richten, auf die Untersuchung über das Wesen dieses leeren Raumes selbst, über die Möglichkeit oder Unmöglichkeit seines objectiven Daseins in der Form, in der er sich in unsrer Vorstellung Jedem darstellt. Diese letztere Bestimmung ist von Wichtigkeit; denn es wäre wohl möglich, dass unsrer Vorstellung vom leeren Raume ein Etwas in den Dingen zu Grunde läge, das vermöge der Beziehungen, in denen sie unter sich und zu uns stehen, in uns die Vorstellung vom Raume erweckte, während er selbst in seiner Alles ausfüllenden Eigenschaft an sich kein objectives Dasein hätte. Für unsere jetzige Ueberlegung aber handelt es sich nur darum, ob der Raum, so wie er uns in unsrer Vorstellung als etwas ausser uns Existirendes gegeben ist, wirklich für sich, abgelöst von unsrer Vorstellung von ihm, existiren kann. Das ist ja sicher, dass der Raum in unserer Anschauung als ein äusseres, von uns unabhängiges Sein erscheint, ja, als ein Sein, das uns erst das Sein alles Andern möglich und glaublich erscheinen lässt; die Frage ist aber die, ob ein solches Sein, so wie es uns sich darstellt, an sich wirklich sein kann.

Locke selbst lehnt es ausdrücklich ab, zu sagen, was der leere Raum sei, ja er gesteht offen ein, dass er dies nicht wisse; und wenn er ihn dennoch als die Continuität unkörperlicher, untrennbarer und unbeweglicher Theile definirt, so thut er dies nur, um den leeren Raum durch diese seine negativen Bestimmungen streng von den Körpern zu unterscheiden, um ihn wirklich als reine Ausdehnung hinzustellen. Irgendeine positive Bestimmung legt er ihm nicht bei; denn die der Ausdehnung ist ja nur ein Wechselbegriff von Raum, und auch in jenem Ausdrucke »Continuität« liegt nichts Anderes als die ununterbrochen fortlaufende Ausdehnung. Die Frage, ob derselbe Substanz oder Accidenz sei, beantwortet er durch ein kurzes »ich weiss es nicht«, und benutzt die Gelegenheit, um des Längeren auseinanderzusetzen, wie geringen Werth er diesen beiden Begriffen in Bezug auf die Erklärung der Dinge beimisst (B. II. 13. § 17). Und doch ist eine solche Frage so thöricht nicht; denn sie will doch nur besagen, ob eine von denjenigen Seinsweisen, mit deren Annahme wir uns in Bezug auf die Dinge und ihre Eigenschaften glauben beruhigen zu können, auch auf den Raum ihre Anwendung finde. Freilich darf man nicht glauben, mit Begriffen wie Substanz und Accidenz irgendetwas von dem wahren Wesen der Dinge ausgesagt oder erklärt zu haben; aber sie haben dennoch einen Werth, um auszudrücken, ob wir einer Vorstellung in dem ihr zu Grunde liegenden objectiven Sein ein solches selbständig, oder nur als an einem andern selbständigen Sein haftend zuschreiben müssen. Wenigstens für eine Auffassung, die in der Anschauungswelt sogleich das Reale zu haben glaubt, wird eine solche Unterscheidung immer berechtigt und nothwendig sein; man wird hier immer fragen können, ob irgend Etwas in dieser angeschauten Welt ein selbständiges Ding oder nur als eine Eigenschaft an einem Dinge zu denken sei. Für uns jedoch, die wir als das gesicherteste Ergebniss der ganzen philosophischen Forschung den Satz ansehen, dass unsere subjective, angeschaute Welt zunächst nur eine Welt der Erscheinungen ist, in der uns nirgends ein Reales gegeben ist, wird jene Doppelfrage sich in die einfache zusammenfassen lassen, ob der Raum als e i n D i n g zu betrachten sei, d. h. ob seiner Vorstellung ein Reales zu Grunde liege, wie wir uns genöthigt sehen, es für die Vorstellungen von den Dingen in Anspruch zu nehmen. Denn mit dem Namen Ding benennen wir ja doch nur eine Anzahl von Vorstellungen, die sich auf eigenthümliche Weise in unserm Bewusstsein zusammengefasst vorfinden, und die wir dann mit abgekürztem Ausdruck Eigenschaften dieses Dinges nennen, obgleich wir das Ding selbst gar nicht anders als in seinen Eigenschaften gegeben haben. Freilich sehen wir uns genöthigt, diesem Complex von Eigenschaften oder Vorstellungen ein Reales, eine oder mehrere Substanzen zu Grunde zu legen, die, auf uns wirkend, eben die Vorstellungen jener Eigenschaften in uns erzeugen. Ebensowenig wie wir nun fragen können, ob jene Complexe von Vorstellungen Substanzen oder nur Attribute an Substanzen seien, — denn sie sind weder das eine noch das andere, sondern nur unsere subjectiven Vorstellungen, die durch die Wechselwirkung zwischen den Substanzen und dem Subject erst erzeugt werden, — ebensowenig können wir fragen, ob der leere Raum Substanz oder Accidenz sei; denn er ist ebenfalls keins von beiden und auch nur unsere subjective Vorstellung, eine Erscheinung, die erst hervorgerufen sein könnte durch die Wechselwirkung zwischen dem Subject und den dem Raume speciell zukommenden realen Substanzen, wenn solche existiren. Die Frage reducirt sich also für diesen unseren nothwendigen Standpunkt darauf, ob uns auch die Vorstellung vom leeren Raume nöthigt, für ihn ein selbständiges Reales zu postuliren, wie wir es in Bezug auf die Dinge thun müssen.[1]) Eine andere hierdurch noch offen gelassene Frage ist dann die, ob er nicht, wenn ihm auch nicht selbständige Realität wie den Dingen zukäme, doch als Vorstellung in uns erzeugt werden könnte durch Bestimmungen und Verhältnisse, die mit dem den Dingen zu Grunde liegenden Realen gesetzt wären.

Ist nun die Vorstellung vom leeren Raume eine derartig den Dingen ähnliche, dass wir genöthigt sind, auch ihm etwas objectiv Reales zu Grunde zu legen? Wir müssen die Frage verneinen. Unsere

---

[1]) Jene Doppelfrage ist berechtigt für einen empirischen Standpunkt, der in dem Wahrgenommenen zugleich das Reale zu haben meint. — Wir haben diese Auslassungen für nöthig befunden hauptsächlich gegen Herbert Spencer, der in seinen First Principles ch. III § 15 jenen Unterschied von Substanz und Attribut in seiner kritischen Erörterung in Bezug auf den Raum im Wesentlichen beibehält, trotzdem er seine ganze Philosophie darauf basirt, dass uns als Object der Philosophie nur die Welt als Erscheinung vorliege. Es ist dies eine Folge davon, dass sich ihm immer wieder die Welt der Phänomene als das wirklich Reale unterschiebt und so häufig die nothwendige Scheidung zwischen beiden verwischt wird. — Mit diesem Realen ist natürlich hier nicht jenes gemeint, dass Spencer als „persistence in consciousness" definirt (First Principles § 46), sondern das Reale als Ding an sich, das in Spencer's Gedanken als „the Unknowable" erscheint.

Vorstellung vom Raume unterscheidet sich darin durchaus wesentlich von der der Dinge, dass er für unsere Sinne attributlos ist, während wir doch von den Dingen nur Vorstellungen in ihren sinnlich wahrgenommenen Eigenschaften haben. Der Raum liegt vor uns Allen da, Niemand aber weiss irgend eine Eigenschaft von ihm auszusagen. Einzelne Formen in ihm scheinen wir wohl wahrzunehmen, so lange sie an den Dingen haften; aber im leeren Raume werden sie niemals wahrgenommen. Er selbst liegt für alle unsere Sinne unfassbar vor uns, und wo er uns gefärbt oder sonst irgendwie sinnlich bestimmt erscheint, da kommt diese sinnliche Bestimmtheit immer den Dingen in ihm, wie z. B. der Athmosphäre zu, niemals ihm selbst. Das einzige Attribut, das man von ihm aussagen möchte, nämlich die Ausdehnung, ist doch keine Eigenschaft, die uns irgend Etwas von seinem Wesen offenbarte, sondern nur ein Synonym, ein Wechselbegriff für den Raum selbst; denn von Körpern ausgesagt, wo wir sie zuerst kennen gelernt, bedeutet Ausdehnung doch nichts Anderes als Raumeinnahme, und folglich würde der Ausdruck, der Raum sei ausgedehnt, doch nichts Anderes bedeuten als das, was wir schon wissen, nämlich, dass der Raum Raum einnehme. [1]) Auch wird die reine Ausdehnung an sich ja nicht sinnlich wahrgenommen; an den Körpern glauben wir sie wahrzunehmen und übertragen sie dann, indem wir die Dinge fortdenken, auch auf das Leere, das zurückbleibt. — So sträubt sich Alles gegen die Annahme, dass auch unserer Vorstellung vom Raume ein objectiv Reales zu Grunde liege, wie es bei den Dingen der Fall sein muss; denn in Bezug auf die Dinge sehen wir uns genöthigt, die Vorstellungen von ihnen, die wir als ihre Eigenschaften auffassen, auf ein ausser uns liegendes objectives Sein zurückzuführen, vom leeren Raume dagegen, von dem wir keine Eigenschaften kennen, von dem unsere Sinne also auch nicht afficirt sein können, liegt solche Nöthigung nicht vor. Ein dingliches Sein wird ihm also wenigstens nicht zukommen, als ein Ding wie die anderen Dinge werden wir den Raum nicht ansehen können. Dies entspricht

---

[1]) Vergl. hierzu Spencer First Principles § 15 page. 48: „What now are the attributes of space? The only one which it is possible for a moment to think of as belonging to it, is that of extension, and to credit it with this implies a confusion of thought. For extension and space are convertible terms: by extension as we ascribe it to surrounding objects, we mean occupancy of space; and thus to say, that space is extended, is to say, that space occupies space."

übrigens auch völlig dem gewöhnlichen Bewusstsein, das ihn von den Dingen durchaus unterscheidet und vielmehr die Dinge in ihm sein und sich bewegen lässt.

Sollte uns diese letzte, vom Urtheil des unbefangenen Beobachters hergenommene Bemerkung nun nicht doch dazu bringen, ihm freilich keine objective Existenz wie die, die den Dingen zu Grunde liegt, sondern eine ihm ganz speciell zukommende, ihm eben durchaus eigenartige zuzuschreiben? Könnte ihm nicht eine Existenzweise zukommen, die, indem sie sich von der der Dinge durchaus unterscheidet, es ihm doch ermöglicht, die Dinge in sich aufzunehmen, ihnen jene unzähligen Formen, Gestalten und Beziehungen, in denen sie uns erscheinen, zu gewähren, kurz der Ort ihres Seins und ihrer Bewegung zu sein, ohne dass durch ihren beständigen Wechsel jene Unveränderlichkeit, mit der er sich uns darstellt, irgendwie beeinflusst und gestört würde? — Hier könnte man uns, um die Möglichkeit einer solchen besonderen Seinsweise glaublicher zu machen, an die Zeit, an Bewegung und Kraft erinnern, deren objectives Dasein ja auch nicht aufgehen könne in dem Begriffe des Seins der Dinge und seiner Eigenschaften. Aber bei den beiden letzteren verhält sich die Sache doch durchaus anders als beim Raume; denn wenn wir auch Bewegung und Kraft nicht als Eigenschaften der Dinge auffassen können, ohne die Dinge können wir sie sicherlich auch nicht denken. Bewegung kennen wir nur an den Dingen, Kräfte — ohne auf eine nähere Untersuchung hier einzugehen — nur als von den Dingen getragen oder in ihrem eigenthümlichen Zusammensein erzeugt; reine Bewegung, reine Kraft ist nur eine Abstraction, der in der Welt ausser uns nichts entspricht, und die wir uns im Leeren schwebend durchaus nicht denken könnten. Der Raum aber soll gerade in seiner Leere und Dinglosigkeit als ein objectiv Reales aufgefasst werden. Für die Zeit aber würden sich, wenn sie als objectiv Reales aufgefasst werden soll, dieselben ungehobenen Schwierigkeiten wie für den Raum ergeben, und auch sie kann folglich nicht zur Erklärung jener eigenthümlichen Seinsweise benutzt werden. Ausserdem aber steht sie gar nicht so deutlich wie der Raum in unserer Vorstellung als etwas Objectives da, so dass selbst das unbefangene Denken sie kaum mit derselben Bestimmtheit wie den Raum als ausser uns wirklich existirend auffasst. — Ohne also durch Beispiele belehrt zu sein, müssen wir uns wieder zu der Frage wenden, was denn unter dieser eigenthümlichen, ganz eigenartigen Seinsweise zu denken sei, und ob sie sich überhaupt denken lasse.

Aus der Lockeschen Definition »Continuität unkörperlicher, untrennbarer und unbeweglicher Theile« können wir ausser der Unkörperlichkeit, über deren Abweisung wir ja einig sind, vielleicht doch noch einen anderen Fingerzeig entnehmen. Freilich für »Theile« würden wir einen anderen Ausdruck substituiren müssen, da die Continuität »der Theile« des Raumes zu sehr schon an die ausgedehnten Theile desselben erinnert und also die Erklärurg eben das zu Erklärende sein würde. Vielleicht könnten wir sagen die Continuität untrennbarer und unbeweglicher Punkte. — Wenn wir uns dies für einen Augenblick etwas mehr sinnlich vorstellten, Punkte nämlich, wie wir sie allein sinnlich darstellen und wahrnehmen können, so würde sich daraus, wenn wir Punkt an Punkt nach allen Richtungen, eng und ohne Zwischenraum aneinander gereiht dächten, ja ein System von Punkten ergeben, das uns eine Art von Anschaulichkeit des Raumes gewähren könnte. Wir könnten uns die einzelnen Punkte ebenso wie Complexe von ihnen als untrennbar von den andern, die um sie liegen, vorstellen, denn das System, das keine Unterbrechung gestattet, würde sie fest zusammenhalten; und so wäre zugleich mit ihrer Untrennbarkeit auch ihre Unbeweglichkeit gegeben. Ferner würde jeder einzelne Punkt durch alle andern in seiner Lage genau bestimmt, jeder einzelne könnte mit allen andern durch ein Netz von Linien verbunden gedacht werden, die ebenfalls in ihrer Lage und Länge genau bestimmt und messbar wären. Ebenso liessen sich alle räumlichen Formen und Figuren in dies System hineinconstruiren, die dann eine Theilanschauung des ganzen Systems lieferten, ohne aber doch vom Ganzen abtrennbar zu sein; denn die Umgrenzung eines gewissen Complexes würde ja die Continuität mit dem Ganzen nicht aufheben, die unzähligen Reihen von Punkten würden vielmehr auch über die gedachte oder gezeichnete Grenze ohne Unterbrechung fortlaufen und auch diesen Complex streng und unverrückbar an seinem Platze festhalten. Alle diese Figuren, deren sich unendlich viele denken liessen, wären nicht nur an sich fest bestimmt, sondern auch in ihrer Lage fest bestimmt zu allen Punkten des Systems: kurz, alle diese Punkte wie alle diese Figuren ständen untereinander in durchaus unveränderlichen Verhältnissen und Beziehungen, und das ganze System schiene somit alle die Ansprüche zu erfüllen, die wir an ein gröber und sinnlicher gedachtes Abbild des Raumes zu stellen hätten. Wir hätten in diesem System von Punkten, wie es scheint, alles das was den Raum charakterisirt, die Unbeweglichkeit und Untrennbarkeit seiner Theile, die Möglichkeit, alle räumlichen Figuren hinein zu construiren, den strengen Zusammenhang und die ununterbrochene Continuität derselben über ihre Grenzen hinaus mit dem übrigen Raum, die Unmöglichkeit, in diesem System irgend eine Lücke zu denken, und vor Allem jene Menge von bestimmten und unveränderlichen Beziehungen, in denen jeder Punkt mit jedem andern steht, und auf die sich in jenem Punktsystem, wie im Raume, alle anderen oben aufgeführten Eigenthümlichkeiten als auf ihren Grund zurückführen lassen.

Auch der objective Raum müsste natürlich in seinem Fürsichsein diese Bestimmungen enthalten. Wenn wir uns nun den objectiven Raum selbst als solch eine Art von Punktsystem denken könnten, dann wäre seine objective Existenz uns denkbar gemacht. Hier aber beginnen die Schwierigkeiten. Um unserer Anschauung zu Hülfe zu kommen, können wir uns wohl einen Raum aus sinnlich wahrnehmbaren Punkten, die, wenn auch noch so klein, immerhin ausgedehnt wären, zusammengesetzt denken; den wirklichen Raum aber können wir doch nicht auf, wenn auch noch so wenig, ausgedehnte Punkte zurückführen und ihn aus ihnen erklären; denn wir würden ja damit wieder in den Fehler verfallen, den wir oben zurückgewiesen, nämlich die Ausdehnung durch Ausgedehntes zu erklären. — Alle jene Punkte müssen also durchaus als unräumlich, ohne jede Ausdehnung, gedacht werden, und dann ist es unmöglich, auch durch die Aneinanderreihung von noch so vielen Punkten, auch nur das kleinste Stückchen von Ausdehnung zu erlangen. Durch ein strenges Nebeneinander — wenn dies schon denkbar — von Unausgedehntem kann nie Ausdehnung entstehen, wenn man nicht Taschenspielerkünste treiben und an Stelle des durchaus Unausgedehnten immer wieder ein klein wenig Ausgedehntes unterschieben will. Der objective Raum also, wenn er mit allen seinen Beziehungen ein Nebeneinander von raumlosen Punkten sein sollte, die eben die Träger dieser Beziehungen wären, liefe Gefahr, anstatt uns die unendliche Ausdehnung zu bieten, in der er uns erscheint, vielmehr in einen einzigen Punkt zusammenzufallen.

Um ihm die Ausdehnung zu wahren, müssen wir also schon die räumlichen Punkte, die wir als Träger der Beziehungen nicht entbehren können, ein wenig auseinander rücken; dann aber fällt jenes ganze System in seiner Unveränderlichkeit zusammen. Wenn alle eng aneinander liegen, dann kann freilich jedem sein Platz durch alle andern in unveränderlicher Weise bestimmt sein; nicht so, wenn Zwischenräume — der ungenaue Ausdruck sei hier der Kürze wegen erlaubt — zwischen allen liegen. Jeder einzelne schwebte dann in einer völligen Leere, die hier noch nicht ein Mal der leere Raum wäre, ohne Zusammenhang mit den andern, ohne mit ihnen in irgend einer Beziehung stehen zu können, da nicht mehr das vermittelnde Band von Punkt zu Punkt, die ohne Unterbrechung eng aneinander lägen, bestände. Wir würden nicht mehr wissen, wie jenes ganze System von unveränderlichen Beziehungen vorhanden sein könnte, das doch das eigentlich Charakteristische am Raume ist. Jeder Punkt wäre ja in einer wenn auch kleinen Welt für sich, in der er, so zu sagen, keine Ahnung von den andern haben und in keiner Beziehung zu ihnen stehen könnte; sein Platz wäre nicht mehr durch den der andern genau bestimmt, es wäre kein Grund vorhanden, warum er ihn in seiner engen Sphäre nicht ebenso gut hier wie dort haben könnte, kurz, die Beziehungen wären durchaus unbestimmte geworden, wenn wir denkbar fänden, dass sie auch so noch überhaupt stattfinden könnten. (Freilich in dem Geiste eines Beobachters könnte dies trotzdem Alles leicht geschehen, da er jeden Punkt im Geiste an seinem Platze festhalten und so auch die unveränderlichen Beziehungen unverrückt denken könnte; aber daran ist ja hier durchaus nicht zu denken. Die Punkte allein sollen sich an ihrem Platze festhalten und allein Träger ihrer Beziehungen sein.) Und die Continuität der Ausdehnung wie ist sie möglich, wenn wir den objectiven Raum gleichsam durchlöchert, gleichsam wie ein Netz denken müssten, in dem die Knoten nicht durch Fäden untereinander zusammenhängen? — Oder sollen wir jene Punkte als fernwirkend auffassen, damit sie so sich wieder gegenseitig bestimmen, ihre Beziehungen gegenseitig feststellen und für unsere Anschauung wenigstens die Continuität des Raumes herstellen könnten? Man wird uns die Denkbarkeit dieser Ansicht nicht zumuthen; denn man darf nicht vergessen, dass Punkte Nichtse sind, und dass wir ein Gedankenungeheuer hervorbringen würden, wenn wir jene Ansicht formulirten, dass nämlich Nichtse, die im leeren Nichts schweben, (das hier noch nicht einmal der leere Raum ist) mit einander in Wechselwirkung ständen und so für sich unveränderliche Beziehungen, für uns aber die Anschauung der Continuität des Raumes hervorbrächten. — Selbst, wenn wir annähmen, was wir oben zurückgewiesen, dass durch ein Nebeneinander von raumlosen Punkten uns Ausdehnung gegeben wäre, auch hier wäre dieselbe Undenkbarkeit vorhanden, nämlich Nichts als Träger von Beziehungen aufzufassen, wovon doch die natürliche Folgerung wäre, dann auch jene Beziehungen, sofern sie nämlich einem objectiven Raum zukommen sollen, als ein Nichts und somit auch den Raum, als objectiv existirend, als ein Nichts anzusehen. [1])

Noch eine Möglichkeit scheint übrig zu bleiben, um aus diesem Nichts herauszukommen, aus dem absolut nichts werden will, nicht ein Mal ein leerer Raum, nämlich alle jene Punkte als reale unräumliche Substanzen, Substrate oder Elemente, wie man sie nennen will, anzusehen, die in ihren Wechselwirkungen alles das hervorbrächten, was uns in unserer Anschauung als Raum erscheint. Wir könnten diejenigen Schwierigkeiten dabei ausser Acht lassen, die sich aus der Frage ergeben würden, wie denn unräumliche, wenn auch reale Elemente überhaupt etwas Ausgedehntes hervorbringen können, Schwierigkeiten, die mit der Frage zusammenhängen, ob diese realen Elemente in theilweiser Durchdringung oder mit Fernwirkung begabt gedacht werden sollen; denn alle hier sich ergebenden Bedenken sind ja auch für jede Weltauffassung vorhanden, die sich genöthigt sieht, die Ausdehnung der Materie aus einfachen Elementen zu construiren; und so könnte man auch den Raum, wenn auch mit diesen ungehobenen Schwierigkeiten belastet, in seiner realen objectiven Existenz annehmen, wenn diese seine objective Realität sich uns mit derselben unabweisbaren Nothwendigkeit aufdrängte, wie die der Materie.

---

[1]) Man darf hier nicht an die Mathematik erinnern, als ob sie das Gegentheil beweise, als ob auch in ihr die Relationen von unräumlichen Punkten getragen seien. Die Mathematik begnügt sich mit dem Raume, wie er als unsere Anschauung gegeben ist; alle mathematischen Formen und Figuren sind nur vorhanden in der Vorstellung des Subjects; für das Subject bleiben die Punkte in der ein Mal festbestimmten Lage und also auch in den ihnen zukommenden Beziehungen mit andern Punkten; sie werden in seinem Denken so fest gehalten, wie sie ein Mal gesetzt. Für den objectiven Raum beweist das gar nichts. Die Mathematik würde für ihn nur beweisend sein, wenn von ihr bewiesen wäre, dass alle in ihr möglichen Figuren — abgesehen von den an Körpern erscheinenden — im objectiven leeren Raume wirklich vorhanden wären, auch wenn Niemand sie denkt oder vorstellt, was doch wohl Niemand behaupten wird.

Mögen wir nun immerhin diese realen Elemente verschieden von denen, die die Materie constituiren sollen, annehmen, — wenn sie reale Elemente bleiben und nicht wieder zu leeren Punkten werden sollen, so müssen sie irgendwie in ihrem Zusammen eine Wirkung und ebenso auf uns eine Wirkung ausüben können; denn nur dem, was eine solche Wirkung auf uns auszuüben vermag, legen wir ein ausser uns seiendes Reales zu Grunde. Wir haben oben schon nachgewiesen, dass wir den leeren Raum durchaus nicht in irgend einer sinnlich wahrgenommenen Bestimmtheit vorstellen, weder durch Vorstellungen die sich vom Tastsinn noch durch solche, die sich vom Gesichtssinn herleiten; denn Alles das, was für sinnliche Wahrnehmung des leeren Raumes gehalten werden könnte, ist überall zurückzuführen auf sinnliche Wahrnehmung der Dinge in ihm, wie z. B. die Bläue des scheinbaren Himmelsgewölbes. Aber könnten wir auch davon absehen, dass uns der Raum weder als gefärbt noch als widerstandsfähig erscheint, da ja die Raumelemente specifisch verschieden von den Elementen der Materie gedacht werden sollen; das wenigstens, was ihrem Wirken eigenthümlich ist, die Erzeugung jener Beziehungen, das müsste auch auf uns seine Wirkung geltend machen. Jene unveränderlichen Beziehungen, wenn wir sie als reale Wirkungen realer Raumelemente denken sollen, — wogegen sich schon unser ganzes Denken sträubt, weil dazu in ihnen selbst, wie wir sie denken müssen, auch nicht die geringste Nöthigung liegt, — jene Beziehungen müssten uns wenigstens in irgend einer Weise wahrnehmbar gegeben sein. Dies ist aber durchaus nicht der Fall. Die Raumanschauung ist uns gegeben mit der in ihr liegenden Möglichkeit, darin jenes Netz von unwandelbaren Beziehungen zu entwerfen; dies System von Beziehungen selbst ist ein Resultat unserer Reflexion und nicht irgendwie zugleich mit unserer Raumvorstellung wahrgenommen. Wäre es irgendwie anschaulich gegeben, dann müsste es deutlich von Jedem, auch vom Ungebildeten und vom Kinde wahrgenommen und erkannt werden, in anderer Weise vielleicht, aber doch mit derselben Bestimmtheit, wie man Farben wahrnimmt. Wenn man uns nun noch einwendet, die Ausdehnung, die wir wahrnehmen, die sei ja eben diese specifische Wirkung jener Raumelemente auf uns, in ihr allein sei sie zu suchen, und gar nicht in einer, man weiss nicht wie, zu denkenden Wahrnehmung jener Beziehungen: so müssen wir darauf hinweisen, dass wir ja nicht leugnen, dass die reine Ausdehnung in unserer Anschauung wirklich vorhanden, was wir leugnen ist aber, dass sie w a h r g e n o m m e n sei und dass deshalb uns nichts nöthigen könne, ihr reale Elemente, ihr überhaupt ein selbständiges objectives Sein zu Grunde zu legen.

Aber auch noch von anderer Seite stellt sich uns die Unmöglichkeit dar, den objectiven Raum in dieser zuletzt gedachten Weise aufzufassen. Wenn der Raum durch reale Elemente constituirt wäre, so müssten diese realen Raumelemente sich auch an den von Körpern eingenommenen Räumen befinden; wir hätten aber dann diese Räume von zwiefachen realen Elementen angefüllt, den Raumelementen und den realen Elementen der Materie, von denen immer jedes zugleich mit einem der anderen Art denselben Ort einnehmen müsste (ihre Wirkungssphären müssten jedenfalls immer ineinander fallen). Wenn man es auch nun vorstellbar fände, dass zwei reale Elemente denselben Platz behaupten sollten, sicherlich müssten doch beide als r e a l e Elemente, wenn auch immerhin specifisch verschieden, in Wechselwirkung mit einander treten. Wirkungsfähig sein, an demselben Orte sich befinden, sich ganz und gar durchdringen (oder, was für den, der Fernwirkung für denkbar hält, dasselbe besagt, in derselben Wirkungssphäre liegen), ohne von einander irgend Etwas zu erfahren, und sich völlig so zu verhalten, wie wenn sie nicht zusammen wären, das wäre dem Charakter realer Elemente, wie wir die der Materie denken müssen und die des Raumes nach der obigen Annahme denken müssten, durchaus widersprechend. Träten sie aber in Wechselwirkung, dann wären ja auch die Körper in jenes unveränderliche Netz von Beziehungen festgebannt und ständen fest und unbeweglich darin, ohne sich regen zu können, gerade so wie die Theile des Raumes. Sie wären nicht mehr im Raume frei und leicht beweglich, sondern wären gewissermassen mit ihm zusammengewachsen; und wollten wir auch annehmen, dass sie sich aus diesen Umschlingungen der Raumbeziehungen durch stärkere Impulse loslösen und sich dennoch bewegen könnten, müssten sie dann nicht im Fortschritt ihrer Bewegung und dem damit zusammenhängenden beständigen Lösen und Anknüpfen von neuen Wechselwirkungen mit stets neuen Raumelementen sich selbst nicht nur sondern auch die Raumtheile, durch die die Bewegung geht, beständig verändern? Der beständige Wechsel der Wirkungen kann doch an beiden nicht spurlos vorübergehen, ebensowenig wie sie wirkungslos beide an demselben Orte sein konnten. Die Raumelemente würden so beständig in ihren Wirkungen unter einander modificirt werden, und da ja die Erzeugnisse jener Wirkungen nichts Anderes als die unveränderlichen Beziehungen aller Raumtheile sein sollen, so würde jede Bewegung eines Körpers jene Unveränderlichkeit der Raumbeziehungen für immer und unwiederbringlich zerstört haben. — Wir brauchen übrigens kaum noch darauf hinzuweisen, wie sehr dies dem vor Augen liegenden Sachverhalt widerspricht. Der Raum scheint in ewiger Ruhe und Unbeweglichkeit dazustehen, während die Dinge sich in ihm bewegen, wie wenn er nicht vorhanden wäre.

Also auch diese zuletzt gedachte Möglichkeit einer objectiven, selbständigen Existenz des leeren Raumes hat sich wie alle vorher-gehenden als eine Unmöglichkeit erwiesen. Ueberall sind wir auf Undenkbarkeiten, auf in sich selbst Widersprechendes gestossen, wenn wir versuchten, dem Raume in der Form, in der er in unserer An-schauung vorhanden ist, eine objective Existenz zu Grunde zu legen. Denkbar ist die objective Existenz des leeren Raumes uns also jeden-falls nicht, wenn man nicht etwa einen Gedanken für denkbar aus-geben will, der, in seine Elemente zerlegt und analysirt, jedes fassbaren Gedankens baar ist.

Lügt uns dann aber nicht unsere Anschauung, unser Bewusstsein, die doch den Raum in seiner Realität vor sich zu haben glauben in gleicher Realität wie die farbenprächtige, bilder- und formenreiche Welt, die er einzuschliessen scheint? Nein, sie lügt uns nicht; der Raum ist für uns, für unsere Anschauung wirklich real, so real für uns, dass er sich nie aus unserm Bewusstsein fortdenken lässt, während doch alle andern Vorstellungen darin kommen und gehen und ihn, den stets bleibenden, mit stets neuen, wechselnden Bildern erfüllen. Sein objectives Sein, wenn es vorhanden wäre, könnte von dieser seiner empirischen Realität weder etwas ab- noch zu ihr hinzuthun. Selbst wenn ihm objective Realität zukäme, müsste doch diese erst zu unserer subjectiven Anschauung geworden sein, damit er in ihr für uns Realität haben könnte. Das darf doch nicht vergessen werden, dass der Raum, so wie er anschaulich vor uns liegt, zunächst nur unsere subjective Anschauung ist, wie die ganze reiche Welt um uns zunächst nur eine Welt unserer Vorstellung ist, und nur darum kann es sich handeln, dass diese seine Realität, mit der er sich uns darstellt, ihm erhalten bleibe und ihm völlig und ungeschmälert zu-erkannt werde. Ist denn die Farbenpracht einer Blume, ist ihr Duft für uns darum weniger real, weil sie nur für uns duftet, nur für uns farbengeschmückt ist? Sind alle unsere Sinnes-Wahrnehmungen darum weniger real, weil sie nur für uns, für das wahrnehmende Subject vorhanden? Warum sollte denn nun der Raum ein weniger Reales für uns sein, weil auch er nur in unserer Anschauung real vorhanden ist? Für uns ist real jede Vorstellung, die zeitweise oder dauernd in unserm Bewusstsein beharrt, auch gegen unsern Willen, und ohne dass wir daran etwas ändern können; und in diesem Sinne hat der Raum vor allem Andern Realität, denn er ist das beständig Dauernde gegenüber dem Wechsel der anderen Erscheinungen. Diese Realität ist es allein, von der der unbefangene Beobachter spricht, unter deren gewaltigem Eindruck wir alle stehen, und sie wird nicht vernichtet dadurch, dass man dem leeren Raume eine ihm selbständig zukommende objective Existenz absprechen muss.

Sind wir nun aber durch die Leugnung der objectiven Realität des leeren Raumes nicht dazu gedrängt, ihn als eine dem Subjecte angeborene Anschauung aufzufassen, in die die Erscheinungen der übrigen Dinge sich nur einzuordnen haben? Auch dies nicht; denn abgesehen davon, dass eine angeborene Anschauung nur ein leerer Begriff ist, dem nichts wirklich Denkbares zu Grunde liegt, würde sich auch diese Annahme in unlösbare Widersprüche verwickeln. Wir werden weiterhin dies in eingehender Weise darthun. Wir selbst haben aber schon zu oft die Vorstellung des Raumes mit den übrigen Vorstellungen der Dinge ausser uns zusammengestellt, dass es noch zweifelhaft sein könnte, wohin unsere Ansicht zielt. Auch er muss wie die Vorstellungen von den Dingen sich in uns entwickelt haben, auch er kann als unsere Anschauung nur entstanden sein durch die Einwirkungen, die von den Objecten auf des Subject stattfinden. Wir müssen hier an die oben offen gelassene Frage erinnern, ob nämlich, wenn ihm auch selbst keine objective Realität zukommen kann, er nicht doch als unsere Vorstellung erzeugt sein könne durch Bestimmungen und Verhältnisse, die mit dem den Dingen zu Grunde liegenden Realen gesetzt seien. Hierin liegt wirklich die einzig mögliche und gleichzeitig natürlichste Lösung. Wenn er nicht eine angeborene Anschauung sein kann, wenn er sich in uns zugleich mit den Vorstellungen der Dinge entwickeln muss, und wenn auf der andern Seite ihm nichts selbstständig zukommendes objectives Reales zu Grunde liegt, so bleibt eben nur die Annahme übrig, dass er in uns als Vorstellung, als Anschauung erzeugt sei durch die Wirkung jenes Realen auf uns, das auch die Vorstellungen von den Dingen in uns wachruft. Wir haben freilich oben bei Gelegenheit des Locke'schen Satzes gesagt, dass die räumlichen Beziehungen an den Dingen uns nicht unmittelbar wie die materiellen Sinneswahrnehmungen gegeben seien, werden aber später doch des Näheren nachweisen, dass sie uns dennoch in irgend einer Weise gegeben sein müssen, da es uns unmöglich ist, die Formen an den Dingen willkürlich zu ändern, oder alle Erscheinungen willkürlich in unsere Raumvorstellung einzuordnen. Die Untersuchung der psychologischen Entwickelung unserer Raumvorstellung wird die Frage zu erörtern haben, in welcher Weise das Gegebensein der Formen an den Dingen gedacht werden kann, und wie überhaupt aus und mit den Vorstellungen von den Dingen sich auch die Anschauung des leeren Raumes entwickeln kann. Wenn nun diese Annahme uns Alles das zu erklären vermag, was wir in der subjectiven Realität unserer Raumanschauung haben, dann liegt ja durchaus keine Nöthigung vor, in unsere Weltanschauung ein Undenkbares — die Objectivität des leeren Raumes — aufzunehmen, das, an sich selbst unfassbar und unerklärbar, auch nichts mehr vorfände, was es zu erklären hätte. Es wäre ein Ueberflüssiges, mit dem sich wirkliche philosophische Forschung, die keinen anderen Zweck als die Erklärung des Gegebenen haben kann, nicht befassen könnte.

II. Die Raumvorstellung ist keine reine Anschauung a priori sondern eine durch die Erfahrung entwickelte empirische Vorstellung.

Wenn wir nun zur Untersuchung unserer Raumvorstellung als einer subjectiven übergehen, so haben wir schon im Vorhergehenden angedeutet, dass wir uns mit Kant's Auffassung des Raumes als einer a priori in uns liegenden Anschauung, die vor aller Erfahrung vorhanden, aber erst mit der Erfahrung in ihre Function eintrete, nicht im Einverständniss befinden. Wir halten Kant's Sätze vielmehr für unbewiesene oder nur scheinbar bewiesene Behauptungen, von denen sich das Gegentheil darthun lässt. Ausserdem würde es bei dieser

Auffassung unerklärbar sein, warum unsere Vorstellungen von den Dingen sich in unsere Raumanschauung in einer Weise einordnen, die von uns nicht willkürlich geändert werden kann. Jede sogenannte Auslegung aber der Kantischen Ansicht in dem Sinne, dass unter seiner Raumanschauung a priori nur unsere psychophysische Organisation zu verstehen sei, vermöge deren es uns überhaupt erst möglich ist, Raumvorstellungen zu bilden, scheint doch zu sehr aus dem Bedürfniss hervorgegangen, sich unter allen Umständen mit dem grossen Meister in Einklang zu setzen und scheint uns die Kantische Ansicht ebenfalls in Nichts aufzulösen, da sie nun das nicht mehr leisten kann, weswegen sie eigentlich erdacht; da sie nämlich so durchaus nichts beitragen könnte zur Sicherstellung der synthetischen Urtheile a priori, was Kant doch von seiner Raumanschauung a priori vor Allem forderte.

Kant's erster Satz ist: »Der Raum ist kein empirischer Begriff, der von äusseren Erfahrungen abgezogen worden.« Den Beweis dafür giebt er aber, wie uns scheint, in einer wieder unbewiesenen Behauptung, dass nämlich die Vorstellung des Raumes schon zu Grunde liegen müsse, um gewisse Empfindungen auf etwas ausser uns beziehen und sie als ausser uns nebeneinander, d. h. nicht blos als verschieden, sondern als in verschiedenen Orten vorstellen zu können. — Wenn wir auf unsere tägliche Erfahrung im Leben des Erwachsenen sehen, dann scheint diese Behauptung sehr viel für sich zu haben; denn nachdem die Raumanschauung ein Mal vorhanden, beziehen wir ja ohne Weiteres jede Empfindung, die nicht rein innerer Natur ist, auf etwas Aeusseres und geben diesem Aeusseren eine Stelle in dem bekannten Raume. So konnte leicht die Vorstellung entstehen, dass es so auch mit den ersten Wahrnehmungen sein müsste, die jeder Mensch hat. Aber wie sollen wir uns denn nun das denken, dass die Raumanschauung jeder Empfindung vorangehe? Soll die Raumanschauung schon völlig ausgebildet vorhanden sein im Kinde, wenn es seine ersten materiellen Sinneseindrücke empfängt? Wenn das der Fall sein soll, so würde sich fragen, wie es zu denken sei, dass eine solche angeborene Anschauung, — denn angeboren müsste sie doch sein, — hat vorhanden sein können, ohne doch ins Bewusstsein getreten zu sein. Können wir überhaupt von einer Anschauung sprechen, die uns nicht bewusst ist? Wie aber soll sie im Bewusstsein sein können, das, wenn es schon vorhanden, doch noch durchaus leer an Vorstellungen wäre, mit dem es diese Anschauung wie mit

Bildern ausfüllen könnte? Müssten wir nicht das Bewusstsein des Kindes, vielleicht noch im Mutterleibe, als viel, viel mächtiger uns vorstellen als das unsere im erwachsenen Alter, da es im Stande wäre, jene reine, unerfüllte Anschauung festzuhalten, während uns, den Erwachsenen, dies absolut unmöglich ist?

Doch so war es ja wohl auch nicht mit jenem »aller Erfahrung Vorhergehen« gemeint. Vor der Erfahrung soll ja die Anschauung natürlich nur latent vorhanden sein und erst mit dieser ins Bewusstsein treten. Wie aber verhält es sich dann mit den ersten Sinneseindrücken, die einer räumlichen Bestimmung fähig, da wir ja doch nicht mit einem Male alle jene Sinnesempfindungen haben, aus denen sich jenes Bewusstsein in seiner ganzen Ausdehnung und mit einem Schlage entwickeln könnte? Sollen diese ersten, oder die erste allein die ganze Anschauung wie durch einen Zauberschlag ins Bewusstsein rufen? — Doch hier bewegt sich ja unser Gedanke in einem Cirkel: die erste raumfähige Vorstellung soll wie alle andern unmöglich sein in ihrer räumlichen Bestimmtheit, wenn nicht schon die Raumanschauung vorhanden, und doch kann die Raumanschauung nicht ins Bewusstsein eintreten, wenn sie nicht durch irgend eine raumfähige Sinnesempfindung ins Bewusstsein eingeführt wird. — Man sieht hier recht deutlich, wie die scheinbare Beweiskraft der Kantischen Begründung nur herkommt von dem freilich in Erwachsenen gewöhnlichen Factum, dass sie Empfindungen auf den Raum und die Dinge darin beziehen, weil die ganze Anschauung des Raumes mit allen den Bildern, die ihn erfüllen, fertig vor ihnen daliegt. Der Vorgang aber, wie er im Leben des Erwachsenen erfolgt, nachdem die Anschauung schon ausgebildet ist, ist gar nicht beweisend dafür, dass es sich so immer verhalten habe, auch im ersten Kindesalter, auch für die ersten Eindrücke. Und gerade auf diese müsste sich die Kantische Behauptung anwenden lassen, wenn sie Beweiskraft für seine These haben sollte. — Aber gehen wir wieder auf jenen ersten raumfähigen Eindruck zurück: wenn wir auch zugäben, dass hier gleichsam durch ein Wunder jener Cirkel überwunden würde, dass wirklich mit Eintritt jener ersten Empfindung die Raumvorstellung aus dem Banne ihres latenten Daseins, — aus dem sie eigentlich nie herauskommen könnte, — geweckt würde; wie macht es dann die Raumanschauung, indem sie jene Empfindung auf irgend Etwas ausserhalb des Subjectes bezieht, dass sie ihr den richtigen Platz anweist in jenem weiten, grenzenlosen

Gebiete der noch nicht mit Bildern erfüllten, leeren Ausdehnung, da ja die Empfindung selbst auch nicht das leiseste Anzeichen zu einer Ortsbestimmung mitbringen soll, und die Raumanschauung Alles aus sich hergeben muss? [1]) Alle Punkte in diesem weiten Raume sind doch gleichwerthig, einer ist so gut wie der andere, warum versetzt die Anschauung die Empfindung gerade in einen bestimmten Punkt und nicht in einen andern? Oder setzt sie sie wirklich mit Gleichgültigkeit in den ersten besten und so alle folgenden ebenfalls in die ersten besten? Man müsste dies annehmen; denn in der Anschauung des Raumes selbst liegt ja durchaus kein irgendwie bestimmender Unterschied und die Empfindungen sollen ja durchaus keine räumlichen Bestimmungen hinzubringen. So würde unsere zuerst reine Raumanschauung, in dem Maase wie sie sich mit Bildern füllte, einem wahren Chaos von Unordnung gleich werden, das dann später erst in irgend einer Weise geordnet werden müsste — nach Gesichtspunkten, die auch dann noch nicht vorhanden, — damit die mit Bildern erfüllten Raumanschauungen in den verschiedenen Subjecten ein wenig zusammenstimmten, was sie doch in der That thun. —

Wir sehen also, dass Kant's These, dass jeder empirischen Raumvorstellung schon die reine Raumanschauung a priori vorangehen müsse, die scheinbare Kraft ihrer Begründung allein aus der Erfahrung der Erwachsenen nimmt, in der freilich die Raumanschauung, mag sie sich nun psychologisch entwickelt haben oder a priori existiren, völlig ausgebildet vorhanden ist; dass sie sich aber in Widersprüche verwickelt, sobald man, worauf doch Alles ankäme, wenn die allmälige psychologische Entwickelung mit Erfolg zurückgewiesen werden sollte, auf unsere ersten Erfahrungen zurückgeht. Beweiskraft hätte seine Begründung nur dann, wenn der darin enthaltene Gedanke auch auf

---

[1]) Von Kant selbst könnte man vielleicht sagen, dass er diese Frage offen gelassen habe; da jedoch den Vorstellungen von den Dingen alles Formale vom Subject hinzugethan werden soll, und da er ferner es ausdrücklich leugnet, dass irgend welche räumliche Bestimmungen den Dingen an sich zukommen können, so muss auch er der Ansicht gewesen sein, dass jene Einordnung der Vorstellungen in die Raumanschauung allein vom Subject bestimmt werde. Eine Annahme, die seine nächsten Nachfolger und Schüler, wie Reinhold und Fries, wirklich vertreten. Ueber die Art und Weise, wie Schopenhauer, den Kantischen Standpunkt im Wesentlichen beizubehalten suchend, es sich angelegen sein lässt, die Unwillkürlichkeit und Nothwendigkeit der räumlichen Bestimmungen dennoch darzuthun, werden wir später eingehender sprechen.

diese ersten Eindrücke anwendbar wäre; dies aber ist unmöglich, wie wir gezeigt, da selbst in dem Falle, dass die reine Raumanschauung vor aller Sinneswahrnehmung als bewusst angesehen werden sollte, es immer noch unerklärt bleiben würde, nach welchen Gesichtspunkten der Verstand das Material der Sinneswahrnehmungen als Bilder in die leere Anschauung einordnete. — Obschon der Vergleich nicht ganz zutreffend ist, da die Raumvorstellung nicht einfach wie ein Allgemeinbegriff zu fassen ist, so scheint man doch in gewissem Sinne mit gleichem Rechte sagen zu können, der Allgemeinbegriff Baum oder überhaupt jeder Allgemeinbegriff muss a priori vor jeder Erfahrung in uns sein, da er ja erst vorhanden sein muss, um irgend eine empirische Vorstellung als ihm untergeordnet erkennen, d. h. um den im Augenblicke vor mir stehenden Eichbaum als Baum erkennen zu können. Für unsere tägliche Erfahrung ist auch dies richtig; nachdem uns ein Mal ein Allgemeinbegriff mit den ihm zukommenden Merkmalen bekannt ist, ordnen wir jede Sinneswahrnehmung, die dieselben Merkmale an sich trägt, jenem unter; der Allgemeinbegriff, nachdem er ein Mal gebildet, ist ja wirklich früher da, als jede nach seiner Bildung eintretende Sinneswahrnehmung; dennoch giebt wohl jetzt Jeder zu, und Kant gab es gewiss zu, dass ursprünglich der Allgemeinbegriff das spätere ist, und dass er sich aus den Sinnes-Wahrnehmungen allmälig gebildet hat. — Also: eine Raumanschauung a priori kann nicht allen unseren Sinneswahrnehmungen vorangehen; diese vielmehr entwickelt sich allmälig mit und aus den Sinneswahrnehmungen bis zur Anschauung des leeren Raumes, der reinen Ausdehnung. Dies ist die These, die wir der Kantischen gegenüberstellen müssen. Sie bedarf keines Beweises; denn wenn die Kantische falsch und unmöglich ist, dann bleibt nur noch die Möglichkeit, dass die Vorstellung des Raumes sich in uns psychologisch aus der Erfahrung entwickelt. Das Wie dieser Entwickelung bleibt freilich dann immer noch zu erklären, das aber liegt noch ausserhalb unseres jetzigen Gedankenganges und wird später erörtert werden.

Kants zweite These lautet: »Der Raum ist eine nothwendige Vorstellung a priori, die allen äusseren Anschauungen zum Grunde liegt.« Zur Begründung wird angeführt, dass man sich niemals eine Vorstellung davon machen könne, dass kein Raum sei, ob man sich gleich ganz wohl denken könne, dass keine Gegenstände darin angetroffen werden. — Gegen den ersten Theil der Begründung wird nichts einzuwenden sein. Die Vorstellung vom Raume ist so eng verflochten mit allen unseren äusseren Vorstellungen, die ja eben in ihm ihren Ort und ihre Gestalt haben, für die er den Hintergrund und den Rahmen bildet, dass wir sie durchaus mit fortdenken müssten, wenn wir uns das Nichtsein des Raumes vorstellen wollten. Dies ist nun aber unmöglich. Man schliesse immerhin die Augen und versuche, sich gar nichts Ausgedehntes vorzustellen; unter irgend einer Form wird es dennoch immer da sein, und wäre es auch nur eine schwarze oder irgendwie gefärbte Fläche, deren Vorstellung durch das Vorliegen des Augenliedes vor dem Augapfel hervorgerufen würde. Ausserdem wird uns auch immer ein unbestimmtes Gefühl der Ausdehnung unseres Körpers oder wenigstens einiger Theile desselben begleiten. Selbst unsere Träume sind immer räumlich bestimmt, wenn auch in unklarer Weise. Nur im völlig tiefen Schlafe ist, wie jedes Bewusstsein, auch das der Ausdehnung mit ihren Bildern verschwunden; das aber kann doch nicht ein Vorstellen des Nichtseins des Raumes genannt werden. —

Anders aber verhält es sich mit dem zweiten Theile von Kant's Begründung; ja dessen Unzulänglichkeit geht schon aus der obigen Erörterung hervor. Man soll sich denken können, dass keine Gegenstände im Raume angetroffen werden. Zuerst: Dieses »Denken« muss doch mit dem »Vorstellen« des ersten Theiles der Begründung als durchaus gleichwerthig genommen werden. Denn abstrahiren in unserm Denken von allen Erscheinungen können wir wohl und auch dann noch den Begriff der leeren Ausdehnung festhalten, der aber nie eine anschauliche Vorstellung, sondern nur eine der Vorstellung unmögliche leere Gedankenabstraction sein würde. Hier aber kommt doch Alles darauf an, dass die anschauliche Vorstellung des Raumes als möglich bewiesen werde, ohne dass sie irgend welche empirische, sinnliche Vorstellungen enthalte. Kant's Begründung entspricht nur dann seinem Zwecke, die Raumanschauung »als Bedingung der Möglichkeit der Erscheinungen und nicht als eine von ihnen abhängige Bestimmung« darzuthun, wenn sie den Sinn hat, dass wir uns niemals das Nichtsein des Raumes vorstellen können, obgleich wir uns vorstellen können, dass keine Erscheinungen darin angetroffen werden. Es darf nicht vergessen werden, dass Kant beweisen will, der Raum kann als anschauliche Vorstellung festgehalten werden, ohne dass er irgend welche sinnliche Erscheinungen enthalte; denn nur aus diesem Satze kann er die Anschauung desselben als eine a priori darthun wollen.[1) Das blosse Wegdenken aller Erscheinungen, d. h., im Begriffe des Raumes von ihnen zu abstrahiren, kann ja für seinen Zweck gar nichts nützen; denn da bliebe auch nur eben der Begriff des Raumes. — Jenes Vorstellen aber des leeren Raumes, ohne ihn irgendwie mit Erscheinungen erfüllt zu denken, ist durchaus unmöglich, und deshalb fällt Kant's zweiter Theil der Begründung. Selbst Lotze (Metaphysik § 103), der doch die ganze Kantische These aufrecht erhalten will, giebt zu, »dass man die Anschaulichkeit einer lebendigen Wahrnehmung oder eines Erinnerungsbildes vom leeren Raume nicht haben kann.« Die völlige Leere ist eben unvorstellbar: wollten wir es versuchen, uns auch nur einen Theil derselben vorzustellsn, so würden sich wenigstens immer wieder die sinnlich gedachten Grenzen einmischen, und versuchten wir die Vorstellung unbegrenzt festzuhalten, so würden wir wenigstens uns selbst in irgend einem Orte des Raumes und in irgend einer Ausdehnung mitdenken. Lotze führt mit Recht an (am obigen Orte), dass man behaupten müsse, »den Raum nicht ohne Farbe und Temperatur denken zu können; denn wahrnehmbar oder als Erinnerungsbild reproducirbar ist allerdings eine völlig unsichtbare Ausdehnung nicht, die sich nicht wenigstens als Finsterniss dem Auge bemerklich machte, und in welcher sich der Beobachtende nicht in irgend einem Zustande seines Hautgefühls mitdächte, den er ebenso wie die Farbe als Eigenschaft auf seine Umgebung überträgt.« — Damit ist nun aber wie der zweite Theil der Kantischen Begründung so die ganze Begründung hinfällig geworden, die sich dahin zusammenfassen liess: wir können den Raum uns anschaulich vorstellen, ohne darin irgend welche sinnlichen Erscheinungen mitvorzustellen. —

Lotze[2) kommt trotz obiger Uebereinstimmung zu einem andern Schlusse dadurch, dass er die Auffassung Kant's verlässt, die hier sowohl wegen der Gesammtanschauung Kant's als ganz besonders wegen der These, die er begründen will, nur unsere Anschauung des Raumes und die darin enthaltenen sinnlichen Vorstellungen im Auge haben kann; dadurch, dass er diese verlässt und anstatt ihrer vom wirklichen Sein der Dinge und ihren Bewegungen redet in einem irgendwie objectiv gedachten oder intelligibeln Raume.

[1) Dies gegen Lotze, Metaphysik § 103 u. 104.
[2) Metaphysik § 103 und 104.

— In der Kantischen Anschauung des Raumes können nur Erscheinungen und auch Bewegungen nur als Erscheinungen existiren; in ihr giebt es weder Atome noch stetige Erfüllung mit Realem; die Dinge an sich haben mit ihr gar nichts zu thun, sondern nur die durch sie in irgend einer Weise hervorgerufenen Phaenomene. Demnach ist Lotzes Auffassung der Begründung Kant's nicht zulässig, da sie gar nicht auf die Anschauung des Raumes und die Erscheinungen in ihm geht, von denen doch Kant allein spricht und sprechen kann. — Es wird also die Kantische These nicht dadurch bewiesen, ja nicht ein Mal dadurch berührt, wenn Lotze sagt: »die zugestandene Beweglichkeit der Dinge reicht allein zum Beweise hin, dass wir die Vorstellung des völlig leeren Raumes als eine für sich mögliche auch dann mitdenken, wenn wir ihn thatsächlich als durch das Reale erfüllt betrachten.« Denn: das Reale kann gar nicht den Raum als unsere Anschauung, von dem Kant spricht, erfüllen, sondern es kann nur sein in einem objectiv wirklichen Raume, wenn er existirte, oder in einem gedachten, intelligibeln Raume, was Lotzes wirkliche Ansicht ist; und die Bewegung dieses Realen im intelligibeln Raume (oder in jenem System von Beziehungen, in welchem die realen Dinge stehen), wenn wir auch durch sie genöthigt wären, das Leere in irgend einer Weise mitzudenken, kann nicht das Geringste beweisen für den Raum als unsere Anschauung mit den darin als Phaenomena enthaltenen Bewegungen. Für die Bewegung als Phaenomenon müsste bewiesen werden, dass in ihr der Gedanke der leeren Raumanschauung immer müsste mitgedacht werden; aber auch dies Mitdenken würde nicht ein Mal genügen, sie müsste auch mitvorgestellt werden können. Es ist aber sicher, dass durch Bewegungen in unserer Erscheinungswelt sich niemals eine Lücke gebildet hat, die frei von Erscheinungen war und nur leere Ausdehnung darstellte. — Auch Locke argumentirt mit der Bewegung, um die Denkbarkeit des leeren Raumes zum Unterschied von dem durch Körper erfüllten darzuthun: er thut es aber nicht für den Raum als unsere Anschauung sondern für den von ihm angenommenen objectiven Raum.

Ebensowenig für Kants These beweisend ist das, was Lotze als Erläuterung zu dem Vorigen hinzufügt: »Für atomistische Ansichten versteht sich dies am einfachsten; wenn die Atome sich bewegen, wird der Reihe nach jeder Punkt des Raumes leer oder erfüllt sein; aber Bewegung hiesse nichts und wäre unmöglich, wenn nicht die verlassenen leeren Orte dieselben gegenseitigen Lagen und Entfernungen behielten, welche sie als erfüllte hatten; der leere Gesammtraum wird daher unvermeidlich als der selbständige Hintergrund gedacht, für den die Erfüllung mit Realem ein unveränderliches Schicksal ist. Wer die dynamische Ansicht stetiger Raumerfüllung vorzöge, käme zu demselben Ergebniss. Unterschiede der Dichtigkeit hiessen eben nichts, und wären unmöglich, wenn nicht dasselbe Volumen durch verschiedene Mengen des Realen stetig ausfüllbar wäre; auch dies setzt voraus, dass die Grenzen dieses Volumens ihre geometrischen Relationen unabhängig von dem Wirklichen besitzen und bewahren, dem sie als Ort dienen; sie würden fortfahren, sie zu besitzen, wenn wir die Dichtigkeit unbegrenzt abnehmend sich der völligen Leere nähern liessen.« Wir haben diese Stelle in ihrer ganzen Ausdehnung hergesetzt, weil durch sie noch klarer wird, dass Lotze hier gar nicht von dem Raume als unserer Anschauung spricht. Die »atomistische« wie »die dynamische Ansicht stetiger Raumerfüllung« gehen doch beide auf die realen Elemente oder Substanzen, die in uns die Welt der Phaenomene erstehen lassen, gehen auf Kant's Ding an sich, das gar nichts mit unserer Raumanschauung zu thun hat und von ihr gar nicht berührt wird. In unserer subjectiven Raumanschauung giebt es weder Atome als letzte reale Elemente, noch eine stetige reale Raumerfüllung, sondern nur Erscheinungen. Und wenn Lotze sagt, dass bei der Bewegung der Atome jeder Punkt des Raumes der Reihe nach leer oder erfüllt sein muss, so kann dies nur auf einen objectiv wirklichen oder intelligibeln Raum gehen, niemals aber als Beweis dienen für irgend Etwas in unserer Anschauung vom Raume, die doch etwas ganz Verschiedenes von jenem ist. Ihr (der Raumanschauung) »unveränderliches Schicksal« ist es durchaus nicht, vom Realen erfüllt zu sein, sondern nur von unsern Vorstellungen ist sie erfüllt, für die wir objectiv Reales postuliren müssen, dessen Erscheinungen sie sein können, das wir aber doch nicht in unsere subjective Anschauung vom Raume hineinsetzen dürfen, wenn wir nicht Alles verwirren wollen. — Dasselbe gilt von »der stetigen Raumerfüllung durch Reales«. Auch hier bewegt sich die Argumentation durchaus um das R e a l e und s e i n e Raumerfüllung. Natürlich werden die Grenzen irgend eines Volumens ihre geometrischen Relationen unabhängig vom Realen bewahren, wenn sie ein Mal in einem objectiv realen oder intelligibeln Raume gesetzt sind, und in ihm werden wir freilich durch allmälige

Abstraction von allem Realen in diesen Grenzen zum Gedanken eines leeren Raumes kommen; aber es wäre doch immer nur ein gedachter leerer Raum im objectiven oder im intelligibeln Raume und jedenfalls weit verschieden von der Vorstellung eines Theiles unserer subjectiven Raumanschauung, die frei wäre von jeder sinnlichen Bestimmtheit. Die Möglichkeit dieser letzteren aber hätte bewiesen werden müssen, wenn Kant's These als richtig nachgewiesen werden sollte.

Lotze's Auffassung der Begründung Kant's liesse sich so wiedergeben: Man kann sich niemals eine Vorstellung machen, dass kein Raum sei, da er in der gegebenen Wirklichkeit unserer äusseren Vorstellungen überall durchaus mit gleicher Wirklichkeit mitvorgestellt wird, — obgleich man sich denken kann, dass in einem objectiv existirenden oder intelligibeln Raume nicht immer jeder Theil desselben vom Realen erfüllt sein muss, ja wir sogar genöthigt sind, in ihm auch den leeren Raum mitzudenken, sobald wir an die Bewegung des Realen denken. — Man sieht leicht ein, dass hier eine völlige Verschiedenheit der Termini zwischen dem ersten und letzten Theile herrscht. Die Begriffe sind im ersten Theile durchaus in einem andern Sinne genommen als im zweiten; folglich kann der zweite Theil nichts zur Begründung einer These leisten, die durchaus auf die subjective Raumvorstellung geht, wie sie im ersten Theile auftritt.

Lässt man diese ungehörige Einführung des Realen und eines irgendwie gearteten objectiven Raumes fort (woran hier von Kant unmöglich gedacht sein kann, wenn er etwas von unserer subjectiven Raumanschauung beweisen wollte), und setzt man zu dem von Lotze richtig erklärten ersten Theile Kant's den zweiten Theil, wie er allein aufgefasst werden kann, so ergiebt sich klar das Widersprechende der Kantischen Begründung, nämlich: man kann sich niemals eine Vorstellung machen, dass kein Raum sei, da er in unsern sinnlichen Vorstellungen immer mitvorgestellt ist, und wir diese niemals ganz aus unserm Vorstellen fortschaffen können, — obgleich man sich ihn recht gut vorstellen kann, ohne dass sinnliche Vorstellungen in ihm enthalten sind.

Sollten wir aber Unrecht mit unserer Auffassung des letzten Theiles der Kantischen Begründung haben (was in Folge der zu beweisenden These und der ausdrücklich daraus gezogenen Folgerung unmöglich anzunehmen ist), und Kant in dem Satze: »Obgleich man sich ganz wohl denken kann, dass keine Gegenstände darin angetroffen werden«, wirklich gemeint haben, was Lotze darin findet, nämlich eine im Denken vollzogene Abstraction vom Realen in dem dem Realen in irgend einer Weise zukommenden objectiven Raume, dann fiele Kant's Begründung in denselben Fehler wie die Lotze's, nämlich in den zweiten Theil seiner Begründung die Begriffe in einem andern Sinne genommen zu haben als im ersten Theile, und seine Begründung wäre also auch in diesem Falle hinfällig.

Es kam Alles darauf an, nachzuweisen, dass wir im Stande sind, den Raum losgelöst von aller sinnlichen Bestimmtheit vorzustellen. Die Unmöglichkeit einer solchen Vorstellung haben wir nachgewiesen, folglich ist die These nicht erwiesen, dass der Raum eine nothwendige Vorstellung a priori sei, die allen äusseren Anschauungen zu Grunde liege. Der Ton liegt hier auf dem a priori; wir leugnen nicht, dass die Vorstellung des Raumes sich für uns als eine nothwendige mit allen äusseren Anschauungen verbinde, nachdem die Vorstellung des Raumes sich einmal entwickelt hat; was wir leugnen, ist, dass diese Anschauung a priori vor aller Erfahrung vorhanden sei, so dass aus ihr die Nothwendigkeit der mathematischen Sätze abgeleitet werden könne, worauf ja Kant's Deduction vor Allem hinzielt. Die Nothwendigkeit der Raumanschauung, die wir zugestehen, besteht darin, dass alle unsere Vorstellungen, die wir durch Gesichts- und Tastsinn empfangen, im schon entwickelten Bewusstsein sich alle irgendwie mit Raumvorstellungen verknüpfen; aber auch diese Raumvorstellung kommt uns nur allmälig durch die Erfahrung, wie alle andern Vorstellungen, und ihre Allgemeinheit muss zurückgeführt werden, wenn sie nicht in uns liegen kann, auf irgend eine in den Dingen selbst liegende Bestimmtheit, die uns zugleich mit den materiellen Wahrnehmungen bewusst wird. Wenn diese Bestimmtheit, welcher Art sie auch sein mag (nur dass wir dabei nicht an einen objectiven Raum denken dürfen), sich an allen Dingen vorfindet, dann ist es ja auch natürlich, dass sich die Raumvorstellung, die jener Bestimmtheit entspricht, auch mit Nothwendigkeit mit allen unsern sonstigen Vorstellungen von den Dingen verbindet.

Im 3. und 4. Abschnitte sucht dann Kant die Apriorität der Raumanschauung dadurch zu beweisen, dass er die Unmöglichkeit nachweist, den Raum als den Allgemeinbegriff räumlicher Verhältnisse an den Dingen zu denken. »Der Raum«, sagt er, »ist kein discur-

siver oder, wie man sagt, allgemeiner Begriff von Verhältnissen der
Dinge überhaupt, sondern eine reine Anschauung. Denn erstlich kann
man sich nur einen einigen Raum vorstellen, und wenn man von vielen
Räumen redet, so versteht man darunter nur Theile eines und desselben alleinigen Raumes. Diese Theile können auch nicht vor dem
einigen allbefassenden Raume gleichsam als dessen Bestandtheile
(daraus seine Zusammensetzung möglich sei) vorhergehen, sondern nur
in ihm gedacht werden«. Auch hier in dem letzten Satze geht
Kant's Argumentation wieder allein auf die Raumanschauung, die wir
in einem entwickelten Bewusstsein vorfinden, und die Frage bleibt
auch hier wieder unerörtet, ob wir ein Recht haben, von der Art und
Weise, in der irgend eine Anschauung oder irgend eine Function
unseres Verstandes sich im entwickelten Bewusstsein äussert, einen
Schluss auf die Art ihres ursprünglichen Daseins oder Nichtdaseins
zu machen. — Gewiss ist es richtig, dass unsere Vorstellung des
Raumes sich wesentlich von unseren Allgemeinbegriffen unterscheidet,
und dass er, nur als ein solcher gedacht, nicht unserer wirklichen
Vorstellung davon entsprechen würde. Denn das Wesen eines All-
gemeinbegriffs ist es, ein Merkmal oder ein Complex von Merkmalen
zu sein, die sich in einer Menge von concreteren Vorstellungen wiederfinden, die nun ihrerseits alle diesem Allgemeinbegriffe als untergeordnet gedacht werden, ohne doch aber durch diese Unterordnung
in irgend eine nähere Verbindung zu treten, als die ist, dass sie
eben alle den Allgemeinbegriff als Merkmal enthalten. Es ist eine
rein logische Unterordnung, und nur im logischen Sinne kann man
bei ihnen von Nebenordnung sprechen. So enthält der Allgemeinbegriff einer ebenen Figur die Bestimmung einer irgendwie von Linien
eingeschlossenen Ebene; diese seine Merkmale müssen sich in allen
seinen concreteren Unterbegriffen, wie dem Kreise, der Ellipse, dem
Dreieck, Viereck u. s. w. wiederfinden; aber alle diese Unterbegriffe
sind doch durch diese Unterordnung in keine andere Beziehung zu
einander getreten, ausser der, die in der rein logischen Beziehung
zum Oberbegriff liegt; sie werden nicht vom Oberbegriffe zu irgend
einem Ganzen, das einen Totaleindruck hervorrufen könnte, zusammengefasst, sie sind nicht als Theile im Oberbegriffe enthalten. Anders
ist es bei unserer Raumvorstellung. Auch sie hat freilich als ihre
Bestimmtheit die feste unveränderliche Beziehung aller ihrer Theile
zu allen andern, die sich wiederum als Merkmal in allen einzelnen

Räumen, Raumfiguren u. s. w. wiederfindet, und so könnte auch jene
unveränderliche Beziehung im Raume oder der Raum selbst als ein
Allgemeinbegriff angesehen werden, dem die vielen begrenzt vorge-
stellten Räume als Unterbegriffe untergeordnet werden könnten; aber
damit wäre doch das Wesentliche des Verhältnisses, das zwischen dem
Gesammtraum und den einzelnen Räumen stattfindet, noch nicht er-
schöpft. Nicht nur als Unterbegriffe untergeordnet sind sie dem
Gesammtraume, sondern eingeordnet sind sie in ihn wie Theile in
eine Totalvorstellung; sie alle zusammen stehen unter sich ebenfalls
in jenen festen, unveränderlichen Beziehungen, die das allgemeine
Merkmal jedes einzelnen von ihnen bilden; sie alle zusammen, in
jenem unverrückbaren Netze von Beziehungen stehend, setzen eben
den Gesammtraum zusammen, der sie seinerseits als Totalvorstellung
alle umschliesst. Durch diese anschauliche Zusammenfassung aller
Räume als Theile ihrer selbst, der Gesammtvorstellung, unterscheidet
sich die Raumanschauung sicherlich von den Allgemeinbegriffen, von
denen keiner so ein Ganzes bildet, indem er seine Unterbegriffe nicht
nur unter sich, sondern auch in sich fasste.

Der Raum, wie er als völlig entwickelte Vorstellung in uns allen
vorhanden ist, ist also nicht einfach als ein Allgemeinbegriff zu fassen;
aber damit, dass er kein Allgemeinbegriff ist, und sich also als ein
Allgemeinbegriff aus der Erfahrung nicht hat bilden können, ist
doch noch nicht bewiesen, dass er sich nicht als Anschauung
empirisch hat entwickeln können. Kant hat in Bezug auf die völlig
entwickelte Vorstellung Recht, wenn er sagt: »Man kann sich nur
einen einigen Raum vorstellen, und wenn man von vielen Räumen
redet, so versteht man darunter nur Theile eines und desselben
alleinigen Raumes;« wenn er aber dann fortfährt: »Diese Theile
können auch nicht vor dem alleinigen allbefassenden Raume gleichsam als dessen Bestandtheile (daraus seine Zusammensetzung möglich
sei), vorhergehen,« so macht er einen Schluss aus der im entwickelten
Bewusstsein vorhandenen Art des Daseins dieser Vorstellung auf die
ursprüngliche Art ihres Daseins im noch unentwickelten Bewusstsein;
ein Schluss, der, wie wir wiederholt gesagt, durchaus trügerisch sein
kann. Wenn im Erwachsenen auch immer der Gesammtraum als das
erste erscheint, das erst vorhanden sein muss, um durch Limitation
Theile desselben, Einzelräume, vorzustellen, so liegt doch immer die
Möglichkeit noch offen, dass dies nicht immer so war, und dass wir

in Wirklichkeit zuerst einzelne Räume vorgestellt haben, von denen
wir dann durch Verbindung derselben unter einander und Erweiterung
derselben zur Vorstellung des Gesammtraumes gelangten. Auch in
Bezug auf die Zahlen kann es uns so vorkommen, als müsse das ganze
Zahlensystem erst vorhanden sein, ehe wir zählen oder addiren oder
subtrahiren können, und dennoch wird es Niemanden einfallen, hier
die Vorstellung des Systems als das erste und die kleinen Zahlen-
gruppen als das spätere anzusehen. — Wenn anderweitig schon bewiesen wäre, dass die ganze Raumanschauung a priori in uns läge,
dann natürlich würden wir auch hier den Kantischen Satz zugeben
müssen; da er aber in sich selbst nichts Ueberzeugendes hat, und die
Unmöglichkeit einer a priori in uns liegenden Raumanschauung
schon gegen die beiden ersten Sätze Kants von uns nachgewiesen ist, so
wird das oben nur als Möglichkeit Hingestellte zur Gewissheit, dass
nämlich unsere Raumanschauung sich empirisch, Schritt für Schritt
entwickelt, dass es wirklich zuerst Theile des Raumes sind, die von
uns vorgestellt werden, und die allmälig durch Erweiterung der Erfahrung und durch einen Denkprocess sich zur Vorstellung des Gesammtraumes erweitern. Die Raumvorstellung im Kinde zu Anfang
der Entwickelung des Bewusstseins ist eine sehr unvollkommene,
vielleicht allein den Raum seiner Wiege, in der es ruht, umschliessend;
tastend und sehend und die Gegenstände um sich herum beobachtend
in ihrer Ruhe und Bewegung, ja sie selbst experimentirend in Bewegung
setzend, kommt es allmälig zur räumlichen Vorstellung des Zimmers
und Hauses, in dem es lebt. Ja, wenn wir als Erwachsene in unsere
Erinnerung zurückgreifen, so finden wir überall, wie die Vorstellung
des Raumes sich immer weiter und weiter ausgedehnt; schien uns
zuerst der Himmel wie eine feste Decke den Raum abzuschliessen, so
gelangten wir später dazu, diese Schranke zu durchbrechen und zur
wenn auch undeutlichen Vorstellung jener Sternenweiten, die jenseits
derselben liegen. — Hier kann jedoch nicht der Ort sein, auf die
psychologische Entwickelung dieses Processes näher einzugehen;
später, wenn wir von der psychologischen Entwickelung unserer Raumvorstellungen zu handeln haben, wird sich auch der Ort finden, um
zu zeigen, wie aus der Vorstellung von empirisch gegebenen Raum-
theilen die Gesammtanschauung des Raumes als eines »einigen« er-
wachsen kann, der dann den Eindruck macht, als sei er das erste
und jeder Erfahrung vorhergehende. —

Der vierte Abschnitt Kant's enthält dann den Satz: »Der Raum wird als eine unendlich gegebene Grösse vorgestellt,« den wir dahin umändern müssen, dass wir sagen, unsere gegebene Vorstellung vom endlichen Raume nöthigt uns, denselben als unendlich zu denken. Denn in eine Vorstellung zusammenfassen lässt sich der unendliche Raum nicht; wirklich vorstellen lässt sich nur ein begrenzter Theil desselben, da aber jede Partialvorstellung von ihm erlaubt und uns nöthigt, über ihre Grenzen hinauszugehen, ohne dass irgend ein Mal ein Grund vorläge, in diesem Fortschritte innezuhalten, so werden wir in unserm begrifflichen Denken dem Raume Unendlichkeit beilegen müssen. Zur Vorstellung derselben aber können wir nie gelangen. Für unsere Vorstellung ist die Unendlichkeit des Raumes nichts als eine beständig wachsende Grösse, wie es Locke ausgedrückt hat, nichts als eine endlose Erweiterung in Gedanken gesetzter Grenzen. Eine wirkliche Vorstellung des unendlichen Raumes würde einen Widerspruch in sich tragen, da sie jener endlosen Erweiterung ja in der abschliessenden Vorstellung Grenzen gesetzt haben würde. Wir können es deshalb weder Kant noch Lotze (Metaphysik § 104) zugeben, dass die Unendlichkeit des Raumes gegeben sei. Gegeben könnte sie nur als Vorstellung sein, dies aber ist nicht der Fall, wie wir gesehen;[1] sie ist vielmehr nur eine in unserm begrifflichen Denken vollzogene und aus dem Wesen unserer endlichen Vorstellung mit Nothwendigkeit folgende Erweiterung jener Vorstellung. Dies könnte freilich, in Bezug auf Lotze wenigstens, ein leerer Wortstreit scheinen, ist es aber in Bezug auf Kant doch wohl nicht. Denn, wenn man das Ende des vierten Abschnittes unbefangen und ohne etwas hineinzulegen, was man darin finden möchte, liest, so bleibt es uns wenigstens zweifelhaft, ob Kant nicht wirklich das gemeint habe, was im ersten Satze, wenigstens in seinen Worten, liegt, dass nämlich der Raum als eine unendliche gegebene Grösse vorgestellt werde. Kant fährt nämlich dort am Ende des Abschnittes fort: »Gleichwohl wird der Raum so (d. h. als eine unendliche Menge von Vorstellungen in sich enthaltend) gedacht; denn alle Theile des Raumes ins Unendliche sind zugleich.« Da Kant die objective

---

Existenz des Raumes leugnet, in der dieser Satz verständlich wäre, so kann er in seinem Sinne nur heissen: alle Theile des Raumes ins Unendliche sind zugleich in unserer Vorstellung, womit dann dasselbe gesagt wäre, was wenigstens den Worten nach in seinem ersten Satze liegt, dass nämlich die Unendlichkeit des Raumes als Vorstellung gegeben sei.

Wenn nun aber auch Lotze Recht und Kant wirklich nicht gemeint hätte, dass die Unendlichkeit des leeren Raumes als Vorstellung gegeben sei, die Conclusion, die er aus dem Satze zieht, und worauf es ja am meisten ankommt, bleibt doch nur halb richtig. Er sagt: »Also ist die ursprüngliche Vorstellung vom Raume Anschauung a priori und nicht Begriff.« Dass die Vorstellung vom Raume sich nicht allein als ein Begriff denken lasse, haben wir schon zugegeben; sie ist als Vorstellung eines uns allein vorstellbaren endlichen Raumes gewiss anschauliche Vorstellung, aber sie ist nicht Anschauung a priori. Der Schluss, dass er eine Anschauung a priori, hätte hier nur dann Scheinbarkeit für sich, wenn Kant die Unendlichkeit des Raumes als in der Vorstellung wirklich gegeben angesehen hätte; denn diese, da sie nicht durch Erfahrung in uns gekommen sein kann, hätte dann als a priori in uns liegend aufgefasst werden können. Dennoch wäre auch so der Schluss falsch gewesen, da die Prämisse falsch ist; denn der unendliche Raum ist uns nicht und kann uns nicht als Vorstellung gegeben sein, da dies einen Widerspruch in sich enthalten würde. Die Unendlichkeit des Raumes ist nicht mehr anschauliche Vorstellung, sondern nur eine nothwendige Folgerung unseres Denkens aus der Natur des allein vorstellbaren endlichen Raumes.

III. Nachweis der Nothwendigkeit und Allgemeinheit der mathematischen Urtheile (auch der synthetischen) in Bezug auf die empirische Raumvorstellung.

Wir kommen nun zu Kant's transcendentaler Erörterung des Begriffes vom Raume, die wegen des ganzen in der Kritik der reinen Vernunft festgehaltenen Gesichtspunktes, (der in der Frage liegt, »wie sind synthetische Urtheile a priori möglich?«) den eigentlichen Mittelpunkt der transcendentalen Aesthetik ausmacht, und zu der die metaphysische Erörterung nur das Fundament bildet. Aus dem Princip der Apriorität der Raumanschauung soll die Möglichkeit synthetischer Urtheile a priori, d. h. die Möglichkeit mathematischer Sätze in ihrer apodiktischen Gewissheit abgeleitet werden. Freilich, wenn die Apriorität der Raumanschauung in der methaphysischen Erörterung nicht bewiesen, wie wir gezeigt, und wenn man genöthigt ist, die Entwickelung der Raumanschauung a posteriori als die allein mögliche und richtige hinzustellen, dann könnten wir über die transcendentale Erörterung hinweggehen, da sie nicht im Stande sein kann, das, was als unmöglich nachgewiesen, nun doch noch auf indirectem Wege als nothwendig zu beweisen. Wir gehen aber doch auf Kants Erörterung ein, um zu zeigen, dass, selbst wenn die Raumanschauung a priori in uns läge, sie doch nicht mehr zur Nothwendigkeit der mathemathischen Sätze beitragen könnte als eine empirisch entwickelte Raumanschauung, und dass zweitens die Nothwendigkeit der mathematischen Sätze auch bei unserer Erklärungsart durchaus eingesehen werden kann.

Hier aber müssen wir zuerst noch eine Bemerkung machen über den Gebrauch des Begriffes a priori, der in zwei ganz verschiedenen Anwendungen vorkommt, die man leicht einander unterschieben kann, und die so gewiss nicht dazu dienen, mehr Klarheit in eine an sich schwierige Sache zu bringen. Der Begriff a priori wird ein Mal von Kant in metaphysischem Sinne gebraucht und zweitens in logischem Sinne. Wenn Kant den Raum eine Anschauung a priori nennt, so ist dies in metaphysischem Sinne gemeint, der besagen will, dass die Raumanschauung eine aller Erfahrung vorhergehende Form unserer Vorstellung sei. Wenn er von Erkenntnissen a priori spricht, so ist dies im logischen Sinne gemeint und bedeutet, dass diese Erkenntnisse Urtheile sind, denen Nothwendigkeit und Allgemeinheit zukommt. Kant meint dann, dass diese Urtheile a priori ihren Grund haben in einem metaphysischen Princip a priori, sei es in Formen der Anschauung a priori oder in apriorischen Formen des Verstandes. Die Urtheile a priori sollen aus metaphysischen Principien a priori hergeleitet werden, oder die Nothwendigkeit und Allgemeinheit der Urtheile soll eine Folge des metaphysischen a priori (der vor aller Erfahrung vorhandenen Formen des Denkens oder Anschauens) sein. Wenn auch eins aus dem andern folgen soll, so bleibt dennoch klar, dass in beiden Fällen jener Begriff etwas ganz Verschiedenes bedeutet; denn jene reinen Formen sind ja noch gar keine Erkenntniss, sind ja gar keine Urtheile, denen jene Allgemeinheit und Nothwendigkeit im logischen Sinne zukommen könnte, und auf der andern Seite sind alle jene allgemeinen und nothwendigen Urtheile der wirklichen Erkenntniss, selbst wenn sie sich auf jene reinen Formen gründeten, doch deshalb noch nicht a priori in metaphysischem Sinne, d. h. doch nicht vor aller Erfahrung vorhanden. — Selbst bei Kant kann es nun aber doch mitunter so scheinen, als würden jene beiden verschiedenen Bedeutungen als gleichwerthig behandelt, indem er als Kennzeichen einer Erkenntniss a priori die Nothwendigkeit und Allgemeinheit im Urtheil hinstellt, und dann nachher denselben Ausdruck »a priori« für die vor aller Erfahrung in uns liegenden Formen unseres Intellects braucht, die weder wirkliche Erkenntnisse sind, noch jene logische Nothwendigkeit und Allgemeinheit haben können, da sie ja als reine Formen nur das Princip, der Quell sein sollen, aus dem sich die Nothwendigkeit jener Urtheile ergiebt. Wir würden es von grösstem Vortheil für die Klarheit der Auseinandersetzung halten, wenn man anstatt a priori im logischen Sinne einfach sagte Allgemeinheit und Nothwendigkeit der Urtheile, und wenn jenes a priori allein für die metaphysische Bedeutung im Sinne Kant's beibehalten würde. Es kann nur zur Verwirrung führen, wenn Lange z. B. in seiner Geschichte des Materialismus unter Kant's reinen Formen der Anschauung und des Verstandes nur unsere intellectuelle, d. h. psychophysische Organisation versteht (II. vol. S. 34 u. 43), die natürlich in uns a priori, d. h. vor aller Erfahrung vorhanden ist, und dann doch, indem er auch mit jenem a priori den logischen Sinn der Nothwendigkeit und Allgemeinheit verbindet, so thut, als ob jener psychophysische Organismus (kraft dessen sich in uns die Raumanschauung empirisch entwickelt), irgendwie ein Princip oder eine Quelle für die logische Nothwendigkeit der mathematischen Sätze sein könnte. Unser psychophysischer Organismus thut nichts Anderes als bringt in uns auf rein psychologischem Wege die Anschauung des Raumes wie alle andern Vorstellungen hervor, ohne irgend Etwas beitragen zu können zur logischen Nothwendigkeit von Sätzen, die diese Anschauung oder diese Vorstellungen betreffen. — Kant hat aber sicher nicht gemeint, dass die Raumanschauung a priori nur die Möglichkeit unseres Organismus sei, Raumanschauungen hervorzubringen. Hätte er unter den reinen Formen der Anschauung und den reinen Formen des Verstandes nur jene Fähigkeit unserer Organisation verstanden, so wäre es ihm wohl nie eingefallen, sie zur Grundlage irgend welcher nothwendiger synthetischer Urtheile a priori machen zu wollen. Nur wenn die reine Anschauung des Raumes und nicht nur die psychophysische Fähigkeit, eine Raumanschauung zu entwickeln, als im Subjecte vorliegend angesehen wurde, nur dann konnte der Gedanke kommen, diese Anschauung a priori als Grund für die Nothwendigkeit und Allgemeinheit der mathematischen Urtheile anzusehen.[1] —

·Sehen wir nun zu, ob eine solche Anschauung a priori wirklich die Nothwendigkeit der mathematischen Urtheile begründen könnte. Die Anschauung des Raumes a priori kann doch nichts Anderes sein als die reine Anschauung der Ausdehnung, die ihre alleinige Bestimmtheit in der Unveränderlichkeit und Unbeweglichkeit ihrer Theile hat, die unsere Reflexion später zurückführt auf jene unveränderlichen Beziehungen, die zwischen allen Punkten dieser reinen Ausdehnung stattfinden. Alles, was wir in dieser reinen Anschauung haben, ist nichts Anderes als ein ruhiges, unbewegliches Sein, das keiner Veränderung unterworfen sein kann, und das deshalb alle die Formen, Linien und Figuren, die wir hineindenken können, treu in dieser selben Unveränderlichkeit bewahrt; aber diese Linien und Figuren sind doch noch nicht in der reinen Anschauung a priori enthalten; sie müssen erst hineingedacht oder hineingezeichnet werden mit denjenigen Bestimmungen, die wir ihnen beilegen wollen, und alle daraus gezogenen Folgerungen und Urtheile folgen dann eben aus diesen ihnen beigelegten Bestimmungen. Die Raumanschauung a priori thut dabei nichts weiter, als was auch unsere empirische leisten kann, nämlich sie hält jene Linien und Figuren unveränderlich in der ein

---

[1] Auch wenn Lotze sagt: „Wer sie (jene Formen) als apriorischen oder angeborenen Besitz unseres Geistes bezeichnete, würde weder etwas Entscheidendes noch überhaupt mehr als Selbstverständliches sagen; denn ganz natürlich sind sie angeboren in dem Sinne . . . . . ., in dem es auch Farben und Töne sind. So gewiss wir Farben nicht sehen könnten, wenn nicht in der Natur unserer Seele die erregbare Fähigkeit zu dieser Art des Empfindens läge, so wenig könnten wir räumliche Bilder vorstellen, ohne gleich ursprüngliche Fähigkeit zu dieser Weise der Verknüpfung des Mannigfachen;" (Metaphysik § 99) so ist auch hier nicht die Raumanschauung a priori im Kantischen Sinne genommen; denn Kant würde sich dagegen auf's Entschiedenste verwahrt haben, seine Raumanschauung a priori mit der Fähigkeit, Töne zu hören und Farben zu sehen, auf eine Stufe zu stellen.

Mal gedachten Lage und Bestimmtheit fest und gewährt uns das
Feld der Anschauung, in das wir die mathematischen Figuren anschaulich hineindenken oder hineinzeichnen können. Ueber den form-
losen Raum sagt uns doch die Mathematik nichts aus; denn der Satz,
dass derselbe drei Dimensionen habe, ist erst mit Hülfe anderer
mathematischer Formen, nämlich mit Hülfe des Begriffes vom rechten
Winkel, verständlich und ist also auch keine schon in der Raumanschauung a priori liegende Bestimmung. Die Nothwendigkeit und
Allgemeinheit der mathematischen Grundsätze, wie der, dass zwei
gerade Linien keinen Raum einschliessen können und der, dass zwei
parallele Linien, auch bis in's Unendliche verlängert, sich niemals
schneiden können, folgte nur dann aus der Anschauung des Raumes
a priori mit grösserer Gewissheit als aus der empirischen Anschauung
des Raumes, wenn in dieser Anschauung a priori schon die darauf
bezüglichen Figuren enthalten, und das in ihnen liegende Axiom uns
mit der Anschauung angeboren wäre, was Kant sicherlich nicht will.

Darin, dass Anschauung das Mittel ist, um uns die Nothwendigkeit der mathematischen Sätze einsehen zu lassen, darin hat Kant
unweigerlich Recht, Unrecht aber darin, dass er meint, diese Nothwendigkeit sei nur verständlich, wenn eine reine Anschauung a priori,
die vor aller Erfahrung vorhanden, dazu nothwendig sei. Auch darin
hat Kant Recht, dass den Sätzen der Mathematik, auch den synthetischen, apodiktische Gewissheit zukomme, Unrecht aber darin, dass
er meint, diese apodiktische Gewissheit sei unerklärbar, wenn ihnen nur
eine empirisch entwickelte Raumanschauung zu Grunde liege. Wir
geben Kant es ohne Weiteres zu, dass aus Begriffen allein sich nie eine
Wissenschaft wie die Mathematik würde haben construiren lassen.
(cf. hierzu Lotze, Metaphysik § 129) Schon um uns einen Begriff
vom Punkt zu machen, müssen wir die Anschauung vom Raume mitbringen, in dem er sein soll; desgleichen wird uns der Begriff einer
Linie durch Anschauung unmittelbar klar, während uns eine allein
begriffliche Definition, ohne dass wir einen Raum hätten, in den wir
sie hineindenken oder hineinzeichnen könnten, niemals eine deut-
liche Vorstellung davon geben würde, wenn man nicht etwa eine Definition zu Hülfe rufen will, die in ihren Begriffen, wie der Fläche
zum Beispiel, schon wieder die Kenntniss der Linie voraussetzt. Von
der Richtung einer Linie, davon, dass zwei Linien sich durchschneiden,
zwei andere parallel sein können, dann, dass durch die Zusammen-

setzung mehrerer Linien Figuren entstehen, ebenso, was eine Fläche, was ein Kreis, ein Dreieck, Viereck u. s. w. ist, dies Alles wird uns wirklich klar allein durch die Anschauung. Erst nachdem diese vorausgegangen, erst dann suchen wir diese Formen auch in begriffliche Definitionen zu fassen, die ihre Termini aber auch immer wieder aus der Anschauung hernehmen, und die durchaus nur Klarheit für uns haben, so lange wir im Stande sind, sie uns räumlich anschaulich vorzustellen. Soweit nun die auf die Bestimmung dieser Formen ausgehenden Axiome nichts Anderes als Definitionen sind, bedürfen sie freilich der Anschauung, um uns völlig deutlich zu werden, gründen aber ihre Gewissheit nicht auf diese Anschauung, weil sie ja nur analytische oder identische (nach Mill) Urtheile sind. Ueber sie, sowie über Alles das, was aus ihnen auf logischem Wege und analytisch, natürlich immer mit Hülfe der Anschauung, abgeleitet wird, kann kein Streit sein; denn die analytischen Urtheile tragen ja ihre Nothwendigkeit und Allgemeinheit in sich selbst. — Jedoch nicht alle mathematischen Sätze, auch nicht alle Axiome sind analytisch; es muss zugestanden werden, was Kant behauptet, und was grundlos von Ueberweg angefochten worden ist, dass die Mathematik synthetische Urtheile enthält. Wie weit diese gehen, ob z. B. jede Hülfsconstruction ein synthetisches Element in den Beweis einführe, dies zu untersuchen, kann hier nicht unsere Aufgabe sein; wir wollen nur festzustellen suchen, dass auch die synthetischen Urtheile, wo auch immer in der Mathematik sie vorkommen, mit apodiktischer Gewissheit verbunden sind, obgleich wir nur eine a postriori entwickelte Raumanschauung und keine Raumanschauung a priori haben.

Unsere empirische Raumanschauung, nachdem sie auch zur Vorstellung des leeren Raumes fortgeschritten, wie sie in jedem erwachsenen Menschen vorliegt, bietet uns nicht mehr und nicht weniger als auch eine Raumanschauung a priori, wenn diese nicht auch schon die Erkenntniss der wirklichen Axiome in sich enthalten sollte, nur bieten könnte: nämlich jene in allen ihren Theilen unveränderliche und unbewegliche Ausdehnung, in der sich nirgends eine Grenze für den Fortschritt unseres Vorstellens oder unseres Denkens findet, und in der alle Punkte, die nächsten wie die unendlich fernen, durch ein Netz von ewig unabänderlichen Beziehungen in ihrer Lage unbeweglich festgehalten werden. Dieses leere Feld in seiner ewigen Unveränderlichkeit, das unsere mathematischen Formen und Constructionen in sich aufzunehmen fähig ist und es uns so ermöglicht, sie anschaulich vorzustellen, giebt uns unsere durchaus a posteriori entwickelte Raumanschauung. Diese Anschauung ist empirisch geworden, und dennoch sind die mathematischen Sätze, auch die synthetischen, die in ihr ihre anschaulichen Formen gedacht oder gezeichnet finden, apodiktisch gewiss, d. h. mit der Einsicht in ihre Nothwendigkeit und Allgemeinheit verbunden. — Es ist nämlich hier nicht so wie bei andern empirischen Sätzen, in denen ein Fall eigentlich auch nur ein gewisses Urtheil über diesen einen Fall zulässt, und viele Fälle doch immer nur Wahrscheinlichkeit, niemals völlige Gewissheit geben können; denn bei der Erfahrung, die die physische oder geistige Natur zu ihrem Objecte hat, haben wir die Elemente, aus denen wir einen Schluss ziehen wollen, nicht in unserer Gewalt; wir haben ihnen nicht selbst ihre unabänderliche Bestimmtheit aufgeprägt, sie selbst tragen vielmehr diese ihre Bestimmtheit, unabhängig von uns, in sich und lassen uns nur einen Theil davon ahnen, ohne dass wir wissen können, ob sie nicht Veränderungen unterworfen, die nun im hundertsten Falle einen andern Erfolg hervorbringen, als den, den wir aus neunundneunzig geschlossen haben. Freilich setzen wir Alle eine in den Dingen liegende Gesetzmässigkeit voraus, die unter denselben Bedingungen auch dieselben Erfolge hervorbringt und ziehen so aus der Erfahrung unsere Schlüsse, bauen darauf unsere empirischen Wissenschaften, und schreiten auf sie gestützt fort in der Cultur, sie uns zur Erleichterung und Verschönerung unseres Daseins zu Nutze machend; aber dennoch hat ein aus der Erfahrung gezogener nicht analytischer Satz, wenn er auch der inductive Schluss aus unendlich vielen Fällen wäre, eigentlich immer nur Gewissheit für die Anzahl von Fällen, in denen er sich bewahrheitet und trägt niemals seine Allgemeinheit und Nothwendigkeit in sich. Die Welt der Dinge in ihren Beziehungen mit einander und mit uns hat ihre eigene Gesetzmässigkeit, die nicht von uns in dieser Bestimmtheit, wie wir sie einmal gedacht, kann festgehalten werden. Die Möglichkeit des Irrthums liegt hier immer vor. Die Erfahrung von Jahrtausenden zeigte der Menschheit die Erde ruhend und Sonne und Sterne um sie kreisend, und dennoch hat die Menschheit sich dazu verstehen müssen, auch in ihrem Denken die Erde aus ihrer trägen Ruhe zu entlassen und sie Theil nehmen zu lassen an der allgemeinen Bewegung. — So ist es nicht in der Mathematik. Hier haben wir in unserer Raumanschauung nicht die veränderliche und in ihrem Wesen uns unbekannte Welt der Dinge, sondern ein Sein (der Ausdruck sei uns gestattet; er ist natürlich nicht im objectiv realen Sinne gemeint, sondern in dem Sinne, in dem auch Schopenhauer von einem »Grunde des Seins« spricht im Unterschiede vom »Grunde des Werdens«), hier haben wir ein Sein vor uns, dessen Wesen es ist, unwandelbar sich gleich zu bleiben, so lange es von Menschen vorgestellt wird, niemals seine Theile verrücken zu lassen, und starr und unbeweglich, wie es selbst ist, auch die ein Mal hineingedachten oder hineingezeichneten Formen in der ihnen ein Mal von uns gegeben Bestimmtheit festzuhalten. Mit einem etwas gewagten Ausdrucke könnte man sagen, es ist dem Raume unmöglich, uns unsere Linien und Figuren, so wie sie ein Mal gedacht sind, zu verrücken; wir haben sie in unserer Hand, sind über sie Herr; sie können sich nicht unter unserer Hand verändern wie vielleicht die Dinge der Erfahrung. So wie wir sie ein Mal gedacht und bestimmt haben, so müssen sie unabänderlich bleiben, und können auch so unabänderlich bleiben, da auch der Raum, in den wir sie hineingesetzt, sie kraft seines Wesens so festhalten muss. In dieser Starrheit des Raumes und in dieser von uns abhängigen Bestimmtheit aller Formen, liegt der grosse Unterschied für die mathematischen Urtheile von jedem Erfahrungsurtheil. In ihnen liegt jene Nothwendigkeit und Allgemeinheit begründet, die allen mathematischen Urtheilen zukommt. So lange das Dreieck als Dreieck gedacht wird, muss deshalb die Summe der inneren Winkel 2 R. betragen; so lange das rechtwinklige Dreieck als rechtwinklig gedacht ist, muss deshalb das Quadrat der Hypotenuse gleich der Summe der Quadrate über den Katheten sein; so lange das gleichschenklige Dreieck als ein solches gedacht wird, müssen deshalb auch immer die Winkel an der Basis einander gleich sein. Der Raum kann nichts an der von uns ein Mal gesetzten Bestimmung ändern. In welcher Weise auch immer der Beweis geführt werden mag, mag er rein auf Anschauung sich stützen oder, wie Schopenhauer es nennt, ein »Mausefallenbeweis« sein, mag der daraus folgende Satz ein analytischer oder ein synthetischer sein, das thut nichts zur Sache; die Nothwendigkeit und Allgemeinheit wird mit dem ein Mal verstandenen Beweise eingesehen, da mit demselben sofort eingesehen wird, dass dieser Beweis sich immer und ewig an jeder Figur wiederholen lässt, so lange die darin enthaltenen Bestimmungen von uns gleich gedacht werden. Es ist nicht ein einzelner Fall, an dem der Beweis geführt wird, sondern ein durchaus allgemeiner, und deshalb der Beweis ebenso geltend für jeden denkbaren Einzelfall, wie eine allgemeine algebraische Formel das Gesetz giebt für alle für die allgemeinen Zeichen eingesetzten bestimmten Zahlen. Mit dem einen Beweise ist der Satz nicht nur für den einen vorliegenden Fall, auch nicht blos für eine wenn auch noch so grosse Anzahl von Fällen, sondern absolut für alle Fälle gegeben, und der Satz trägt somit seine Allgemeinheit und Nothwendigkeit in sich. — Man darf dabei nicht aus dem Auge verlieren, dass der Beweis freilich an einer mangelhaften, wirklich gezeichneten Figur anschaulich demonstrirt wird, dass dabei aber doch immer die genau gedachte Figur in ihrer ein Mal gedachten Bestimmtheit im Auge behalten wird, und dass deshalb der Beweis nichts an seiner Allgemeinheit verliert, mag der einzelne Fall des Beweises auch an einer durchaus ungenauen Figur vor sich gegangen sein. — Ob Sätze nach alter Euklidischer, logischer Methode oder, wie Schopenhauer zuerst angeregt und wie es seitdem von Einigen versucht ist, durch Anschauung allein demonstrirt werden sollen, das trägt nichts bei zur apodictischen Gewissheit derselben und zur Einsicht in diese, da sie allein auf den eben auseinandergesetzten Gründen beruht. Ohne Anschauung ist sicher kein mathematischer Beweis einzusehen; ob alle Beweise allein durch Anschauung gegeben werden können, müsste erst durch die That gezeigt werden; die Einsicht aber in die Allgemeinheit und Nothwendigkeit der so bewiesenen Sätze könnte auch bei dieser Methode nur auf der Einsicht beruhen, dass diese Demonstration eine durchaus allgemeine, für alle denkbaren Fälle durchaus gültige ist, in denen dieselben Figuren mit denselben Bestimmungen gedacht sind.

Versuchen wir nun, dies an den grundlegenden Sätzen der Mathematik des Näheren nachzuweisen. Wir haben schon gesagt, dass es unmöglich ist, sie rein aus Begriffen ableiten zu wollen. Die entwickelte Vorstellung des Raumes muss überall vorausgehen, um nur den ersten Schritt thun zu können. Auch die gerade Linie muss uns die Anschauung erst gegeben haben, um sie als das, was sie ist, beschreiben zu können. Man meint wohl, sie aus dem ersten Raumelemente, dem Punkte, entwickeln zu können; kann dies aber nicht, ohne in irgend einer Weise die Anschauung zu Hülfe zu nehmen. Sagt man, sie sei der Weg, den ein in derselben Richtung sich bewegender Punkt beschreibt, so hat man doch schon unter dem Begriff der Richtung wieder die Vorstellung der Linie eingeschlossen, und auch der Raum, in dem die Bewegung vor sich gehen und eine Spur zurücklassen sollte, müsste doch erst in der Anschauung vorhanden sein. Am besten ist es wohl zu sagen, sie sei die Entfernung zwischen zwei Punkten; aber auch hier lehrt uns doch nur wieder die Anschauung des Raumes, was wir unter Entfernung verstehen sollen, und dass zwei Punkte überhaupt verbunden gedacht werden können. [1]

Ist nun die gerade Linie in der Anschauung völlig klar, so verbindet sich mit ihr der Begriff der Richtung, die wir uns ja nur denken können als eine von einem Punkte ausgehende gerade Linie; es verbindet sich mit ihr der Begriff der Entfernung zwischen zwei Punkten, die nur eine sein kann, worauf das Axiom sich reducirt, dass die gerade Linie der kürzeste Weg zwischen zwei Punkten sei; denn die gerade Linie ist ja eben die Entfernung selbst, und diese kann nur eine sein; die verschiedenen Umwege, die man machen kann, haben nichts mit jener Entfernung zu thun (cf. hierzu Lotze Metaphysik § 129 am Ende). Ferner verbindet sich damit die Vorstellung der Möglichkeit eines unendlichen Fortschrittes in der durch die gerade Linie ein Mal gegebenen Richtung; denn wenn wir mit unserem Denken von dem einen Punkte zum andern, als deren Entfernung die gerade Linie zuerst gedacht wurde, fortgeschritten sind, so hindert uns nichts nach der Natur des Raumes diesen Fortschritt immer weiter in derselben Weise bis ins Unendliche fortzusetzen, und wir erhalten so eine in's Unendliche fortgehende Richtung, die völlig bestimmt ist durch die ursprünglich von den beiden Punkten begrenzte Linie, und die durch nichts aus dieser ihrer Bestimmtheit, auch im Unendlichen nicht, herausgebracht werden kann. Schliesslich verbinden wir mit der geraden Linie noch den

---

[1] Die Schwierigkeit, diese ersten Raumelemente, namentlich die Linie, begrifflich zu bestimmen, während ihre unveränderliche Bestimmtheit als eine von uns gesetzte doch die Grundlage jeder späteren Raumconstruction und aller daraus folgenden Urtheile sein soll, darf nun nicht etwa doch zu dem Gedanken führen, dass die Anschauung der geraden Linie etwas a priori in uns Liegendes sei. Die Vorstellung derselben hat sich auf rein empirischem Wege gebildet; an den Dingen hat sie der Mensch unter nicht Geraden kennen und sie von diesen unterscheiden gelernt; dann lernte er durch Vergleichung unter ihnen selbst, von allen in der empirischen Anschauung gegebenen Ungenauigkeiten zu abstrahiren und kam so schliesslich zur reinen Vorstellung einer geraden Linie, die ihm dann Grundelement seines mathematischen Denkens wurde.

Begriff völliger Ausdehnungslosigkeit in Breite oder Dicke; nur eine Dimension, die der Länge, wird ihr zugeschrieben. Dies folgt schon aus der Ausdehnungslosigkeit der Punkte, als deren Entfernung oder als aus deren Bewegung entstanden, wir sie gedacht haben. Alles dieses sind feste, unveränderliche Bestimmungen der geraden Linie, die, ein Mal gesetzt, niemals aufgehoben werden können, so lange die Linie eben als gerade Linie gedacht werden soll.

Aus diesen Bestimmungen der geraden Linie lässt sich dann die Nothwendigkeit der ersten Sätze darthun, wie: »Zwei gerade Linien können nur einen Punkt gemeinsam haben«. Auch hier muss von Neuem die Anschauung des Raumes hinzukommen, um uns zu zeigen, dass zwei gerade Linien sich überhaupt schneiden können; das übrige aber ist dann unmittelbar einleuchtend aus der Bestimmtheit der geraden Linie. Die geraden Linien können an ihrem Durchschnittspunkte nicht mehr als einen Punkt gemeinsam haben (ein Bedenken, auf das Mill gekommen ist); denn dem steht entgegen die absolut gedachte Ausdehnungslosigkeit derselben in die Breite und die unabänderliche Verschiedenheit der Richtung, die mit zwei Linien gesetzt ist, die einen Punkt gemeinsam haben, ohne zusammenzufallen. Da beide keine Breitenausdehnung haben, ist der Gedanke eines halb und halb In- und Auseinander dicht am Schnittpunkt, auch wenn der Winkel, den sie bilden, unendlich klein ist, durchaus ausgeschlossen. Ganz aber zusammenfallen auch nur für eine unendlich kleine Strecke können sie ebensowenig; denn auch durch die kleinste Strecke wäre schon eine Richtungsveränderung wenigstens für die eine gesetzt, und somit wenigstens die eine Gerade nicht mehr als Gerade, d. h. als unveränderlich sich gleichbleibende Richtung gedacht. — Zu diesem Bedenken konnte man kommen wegen unserer gezeichneten sich schneidenden Linien, die, da sie ja immer auch in die Breite ausgedehnt, auch immer mehr als einen Punkt gemeinsam haben. Er zeigt sich aber sofort in seiner Grundlosigkeit, sobald man die gerade Linie in der Bestimmtheit denkt, in der sie überall in der reinen Mathematik gedacht werden soll. Die andere Möglichkeit, dass sie vielleicht ferne vom Durchschnittspunkte noch einen Punkt gemeinsam hätten, zeigt sich ebenso unmittelbar in seiner Nichtigkeit; denn durch zwei Punkte ist nur eine Richtung dargestellt, folglich fielen die beiden geraden Linien zwischen ihrem Schnittpunkte und dem andern gemeinsamen Punkte der Richtung nach zusammen, wären also hier

nur eine gerade Linie; da aber durch zwei Punkte die Richtung einer
geraden Linie auch bis in ihre fernste Ausdehnung hin völlig bestimmt
ist, so fielen die beiden Linien durchaus und ganz und gar zusammen,
wären also nicht mehr als sich schneidende verschiedene Linien gedacht. — Aus diesem Satze folgt dann unmittelbar der andere: »Dass
zwei gerade Linien keinen Raum einschliessen können«; denn um ihn
einzuschliessen, müssten sie noch einen Punkt fern vom ersten Schnittpunkt gemeinsam haben.

Um nun ferner einzusehen, dass durch zwei sich schneidende gerade Linien dennoch schon etwas Neues, nämlich die Ebene, gegeben ist,
auch dazu muss die Anschauung dieser Ebene schon vorangegangen
sein. Aus dem Begriffe zweier Geraden allein, die sich schneiden,
würde sie sich nie ableiten lassen, ohne dass wir vorher eine Anschauung davon hätten. Auch hier ist es zuerst die empirische
Anschauung gewesen, die uns gelehrt, dass die beiden sich schneidenden Geraden einen Winkel bilden, dessen Grösse von der Richtung
der Geraden abhängt, und dass dieser Winkel ferner eine ebene Fläche
darstellt, die ihrer Lage nach durch die Geraden ebenfalls bestimmt
ist. Auch hier kommen erst allmälig durch Vergleichung und durch
Abstraction die Vorstellung einer völlig ebenen und nicht nach der
dritten Dimension hin ausgedehnten Fläche, und durch allmäliges
Nachdenken auch diejenigen Bestimmtheiten zum Bewusstsein,
die, ein Mal erkannt und festgestellt, nun unveränderlich für sie in
der Mathematik beibehalten werden. Alle Elemente unseres mathematischen Denkens erhalten wir auf diese Weise. Linien, Flächen,
Körper sind uns ursprünglich in der empirischen Anschauung gegeben;
durch unser reflectirendes Denken aber werden sie gereinigt, und dann
erst in der in ihnen aufgefundenen und dann für immer festgehaltenen
Bestimmtheit für die Mathematik verwandt. — Nachdem ein Mal eingesehen ist, dass eine ebene Fläche zwischen zwei sich schneidenden
Geraden immer möglich ist, versteht man dann leicht, dass nun auch
jede Gerade, die zwei Punkte jener beiden ersten verbindet, ebenfalls
in dieser Ebene liegen muss, da in ihr ja allein alle Entfernungen
zwischen allen Punkten der einen und allen Punkten der andern gedacht werden können; in ihr allein kann der kürzeste Weg liegen
zwischen einem Paar solcher Punkte und in ihr muss daher auch die
gerade Linie liegen, die jene Punkte verbindet, da sie ja nichts Anderes
als die Entfernung derselben ist. So ergiebt sich hier unmittelbar

die Nothwendigkeit des Satzes, »dass durch drei gerade Linien immer ein Raum, nämlich eine Fläche, eingeschlossen werden kann«, und ebenfalls sofort eine neue Bestimmtheit der Ebene, dass nämlich in ihr alle beliebigen Punkte untereinander durch gerade Linien, die ganz in ihr liegen, verbunden werden können; denn aus demselben Grunde, aus dem die obigen Verbindungslinien alle in die Ebene fallen mussten, müssen es auch diejenigen Linien, die wiederum alle Punkte jener ersten Verbindungslinien unter einander und mit denen der beiden ursprünglichen Linien verbinden.

Bis jetzt haben wir nur von sich schneidenden Geraden gesprochen. Wenn wir nun zwei gerade Linien denken, die dieselbe Richtung darstellen, — ohne natürlich von einem Punkte auszugehen; denn dann wären sie ja nur eine gerade Linie, — so haben wir den Begriff der parallelen Linien. Parallele Linien sind nichts Anderes als Linien, die dieselbe Richtung darstellen. Dass auch zwischen zwei parallelen Geraden immer eine Ebene möglich ist, ist durch Anschauung leicht verständlich, lässt sich aber auch durchaus allgemein nachweisen. Man denke irgend zwei Punkte auf beiden durch eine gerade Linie verbunden, so bildet sicher die eine der Parallelen mit dieser Transversalen eine Ebene, in der wenigstens ein Punkt der zweiten parallelen Linie liegen müsste, nämlich ihr Durchschnittspunkt mit der Transversalen. Wenn aber ein Punkt der Parallelen in der Ebene liegt, so muss sie ganz und gar in die Ebene fallen, da diese Ebene ja die Richtung der ersten Parallelen darstellt, und also die zweite Parallele aufhören würde, ebenfalls dieselbe Richtung darzustellen, wenn sie sich, einen Punkt mit der Ebene gemeinsam habend, aus dieser entfernte. Oder mit andern Worten: Eine Ebene ist durch die Richtungen zweier Linien, die sich schneiden, bestimmt; die eine dieser Richtungen ist die Transversale, die andere, die nur als eine Richtung sich darstellende Richtung der Parallelen. — Ferner ergiebt sich aus dem Begriffe der Parallelen unmittelbar, dass sie überall gleiche Entfernung von einander haben; denn näherten sie sich, oder entfernten sie sich von einander (was dasselbe besagt), so wären beide nicht mehr als eine und dieselbe Richtung gedacht; sie müssten sich ausserdem zuletzt schneiden, da sie ja beide in einer Ebene liegen und wären also zwei sich kreuzende Richtungen. Diese Eigenschaft der Parallelen, dass sie stets gleiche Entfernung von einander haben, wird dann gewöhnlich als ihr Kennzeichen betrachtet, und dies so ausgedrückt, dass zwei Linien parallel sind, zwischen denen alle von der einen auf die andere gefällten senkrechten Linien unter sich gleich sind. (Der Begriff der Senkrechten müsste schon vorher bei Gelegenheit zweier sich schneidender Geraden erörtert werden.) Jene Lothe stellen ja nur die Entfernung derselben an verschiedenen Orten dar und müssen deshalb überall gleich sein, wie die Entfernung überall dieselbe ist. Ferner folgt aus der Bestimmtheit der Parallelen unmittelbar, dass jede Transversale mit ihnen an derselben Seite gleiche Winkel bildet (was hier Seite heisst, ist sofort klar, sowie man die Ebene denkt, die durch die Parallelen geht); denn ein Winkel ist bestimmt durch die Richtungen zweier sich schneidenden Linien; die eine von diesen ist hier die Transversale, die andere die eine Richtung der beiden Parallelen, folglich sind beide Winkel durch gleiche Richtungen bestimmt und folglich einander gleich. — Zuletzt betrachten wir noch jenes Axiom, das so viele Bedenken verursacht hat, das aber ebenso nothwendig wie alle früheren Sätze sich aus der Bestimmtheit der parallelen Linien ergiebt, dass nämlich parallele Linien auch bis in's Unendliche verlängert sich niemals schneiden können. Ein aus der empirischen Anschauung entlehnter Satz ist es sicher nicht, auch nicht ein Satz, der aus einer durch innere Anschauung ergänzten empirischen Anschauung folgt, wie Mill will; denn auch die innere Anschauung würde ja nie an ihr Ziel kommen; auch nicht ein Satz, der wie Kant will, seine Gewissheit hernimmt von einer Raumanschauung a priori; denn auch diese könnte nichts über seine Gewissheit aussagen, wenn nicht das Axiom selbst mit ihr angeboren wäre; es ist vielmehr ein Satz, der mit apodiktischer Gewissheit aus der Bestimmtheit der geraden und parallelen Linien folgt, eine Bestimmtheit, die freilich ursprünglich aus der empirischen Anschauung entwickelt, dann aber für unser mathematisches Denken mit absoluter Unveränderlichkeit gesetzt und gedacht ist. Der Raum, wie wir ihn immer in der Mathematik denken, nämlich als jenes starre, unbewegliche Sein, das alle jene Formen, Linien und Richtungen, die wir in ihn hineinsetzen, unverrückbar in ihrer Bestimmtheit festhält, behält diese seine Eigenschaft auch bis in die Unendlichkeit hinein, auch dort ist er völlig gleichartig sich selbst. Die Richtung, die wir einmal in ihm durch eine gerade Linie festgesetzt haben, geht in's Unendliche fort immer in dieser ihrer Richtung, und wenn wir dieselbe Richtung durch zwei

Linien darstellen (also durch parallele Linien), so werden auch sie beide im Unendlichen noch immer dieselbe Richtung haben, werden auch dort immer noch dieselbe Entfernung von einander haben, die sie im Endlichen hatten, sich also auch im Unendlichen nie und nimmer schneiden können. Weder die parallelen Linien selbst können an ihrem Wesen im Unendlichen irgend etwas ändern; denn sie befinden sich durchaus unter dem Banne der ein Mal von uns in sie gelegten Bestimmtheit, noch können sie vom Raume aus dieser ihrer Bestimmtheit im Unendlichen herausgedrängt werden; denn er ist überall im Endlichen wie im Unendlichen seiner eigenen Bestimmtheit unterworfen, die in der Unbeweglichkeit und völligen Gleichartigkeit aller seiner Theile besteht. Nur wir selbst könnten an jenen beiden parallelen Richtungen etwas ändern und sie z. B. im Unendlichen sich schneiden lassen, hörten aber damit sofort auf, sie so zu denken, wie wir sie bisher gedacht, hörten auf, sie als parallel zu denken.[1]

Es ergiebt sich somit, dass die mathematischen Urtheile, auch die synthetischen, in ihrer apodiktischen Gewissheit bestehen bleiben, da sie nicht aus der augenblicklich gegebenen empirischen Anschauung folgen, sondern vielmehr folgen aus jener festen und unveränderlichen Bestimmtheit der mathematischen Formen, die uns überall auch bei den complicirtesten Constructionsbeweisen zugleich die Einsicht in die völlige Allgemeinheit derselben gewährt, da jeder Beweis nicht etwa einen besonderen Fall darstellt sondern die völlig allgemeine Form desselben, der jeder besondere Fall sich unterordnen muss, sobald er mit gleicher Genauigkeit und Bestimmtheit seiner Elemente gedacht ist. Der eine Beweis gilt absolut für alle Fälle, da er in allen einzelnen Fällen, wenn sie nur in derselben Bestimmtheit gedacht sind, sich genau so wiederholen liesse.

---

[1] Es ist übrigens überhaupt unmöglich, die Schneidung zweier Linien, die im Endlichen beginnen, im Unendlichen zu denken; denn mit jedem erreichten Schnittpunkte wäre immer wieder Endlichkeit gegeben und nicht Unendlichkeit. — Wenn die Mathematik dennoch in ihren Rechnungen den Ausdruck von Parallelen, die sich im Unendlichen schneiden, verwendet, so kann sie dies nur der Abkürzung wegen thun, und muss den darauf bezüglichen Ausdruck nachher eliminiren. Es ist ja in der Arithmetik überhaupt möglich, mit Ausdrücken zu rechnen, die in sich selbst widersprechend, die aber auch wieder aus der Rechnung herausgeschafft werden müssen, wenn man zu einem verständlichen, rationalen Resultate kommen will. —

IV. Unseren Raumvorstellungen müssen Beziehungen und Verhältnisse zwischen den Dingen an sich zu Grunde liegen.

Also auch in der Allgemeinheit und Nothwendigkeit der mathematischen Sätze kann kein Argument gefunden werden, das für Kant's Anschauung irgendwie beweisend wäre. Ueberall haben wir aus den Elementen seiner Argumentation den Beweis für die Nothwendigkeit geliefert, dass die Raumvorstellung wie jede andere Vorstellung empirisch sich gebildet, und dass sie erst mittels unseres vom Sinnlichen abstrahirenden Denkens zur Anschauung des reinen Raumes geworden, den wir für die reine Mathematik brauchen. Es versteht sich nach der ganzen vorhergehenden Untersuchung von selbst, dass auch wir wie Kant dem Raume völlige empirische Realität zuschreiben, in welcher er uns als das alle Dinge Umfassende erscheint, sofern nämlich die Dinge nicht in ihrem Ansichsein, sondern nur in ihrem Fürunssein, d. h. als unsere Vorstellungen aufgefasst werden. Unsere subjective Vorstellung vom Raume umfasst die ganze äussere Erscheinungswelt, und wenn auch Töne und Gerüche nicht unmittelbar räumlich bestimmt erscheinen, im Raume können wir uns auch sie nur vorstellen. Diese unsere subjective Raumvorstellung hat für uns ganz dieselbe Realität, wie die ganze Erscheinungswelt für uns Realität hat. Kant thut dann aber einen weiteren Schritt, in dem wir ihm nur mit Vorsicht folgen dürfen, und der auch aus seinen eigenen Erörterungen eigentlich gar nicht folgt, indem er nämlich die transcendentale Idealität des Raumes behauptet, d. h. behauptet. dass der Raum »nichts anderes als nur die subjective Form der Erscheinungen sei«, dass er aber »nichts sei, sobald wir die Bedingung der Möglichkeit aller Erfahrung weglassen und ihn als etwas, was den Dingen an sich selbst zum Grunde liegt, annehmen.« Da er selbst nicht müde wird, zu wiederholen, dass man von den Dingen an sich durchaus nichts wissen könne, so sollte er hier auch diese negative Aussage nicht gemacht haben; denn wenn wir nichts von ihnen wissen, so wissen wir ja auch nicht, ob nicht doch irgend welche Raumverhältnisse den Dingen zu Grunde liegen. Von Kant's Standpunkte aus sollte also die Frage offen bleiben, und Trendelenburg hat wohl gegenüber Kuno Fischer Recht. wenn er behauptet (in seinen logischen

Untersuchungen und Historischen Beiträgen zur Philosophie, Band III S. 223 ff.), dass neben der Möglichkeit, dass der Raum entweder nur objectiv oder nur subjectiv existire, noch eine dritte Möglichkeit zu denken sei, dass er nämlich sowohl objectiv wie subjectiv gedacht werden könne. Kant habe seine Subjectivität nachgewiessen, nicht aber auch die Unmöglichkeit seiner Objectivität dargethan. Darin stimmen wir mit Trendelenburg überein, nicht aber in seiner Auffassung einer an sich wirklichen objectiven Existenz des reinen Raumes, aus der dann in uns sich die subjective wie ein Abbild entwickeln soll. — Kant versucht freilich am Anfange des »Schlüsse aus den obigen Begriffen« überschriebenen Abschnittes eine Begründung für die Unmöglichkeit des Raumes als eines objectiven Daseins zu geben, aber sein Beweis ist auch hier nicht stichhaltig. Er sagt nämlich dort: »Der Raum stellt gar keine Eigenschaft irgend einiger Dinge an sich, oder sie im Verhältniss auf einander vor, d. h. keine Bestimmung derselben, die an Gegenständen selbst haftete, und welche bliebe, wenn man auch von allen subjectiven Bedingungen der Anschauung abstrahirte. Denn (und dies ist die Begründung) weder absolute noch relative Bestimmungen können vor dem Dasein der Dinge, welchen sie zukommen, mithin nicht a priori angeschaut werden.« Dieses »Denn u. s. w.« sagt hier eigentlich gar nichts, was irgendwie zur Sache etwas beitrüge; denn darauf kann es ja nicht ankommen, ob diese absoluten oder relativen Bestimmungen angeschaut werden können; wenn man von den Dingen an sich spricht, so muss man auch bei den Dingen an sich bleiben, und kann für sie aus der Unmöglichkeit unserer Anschauung nichts folgern. Nach dem, was Kant hier begründen will, kam es darauf an zu zeigen, dass absolute wie relative Bestimmungen nicht blos vor, sondern auch in und mit den Dingen an sich unmöglich seien, denen unser Raum als anschauliche Vorstellung entsprechen könne. Kant's Worte hingegen besagen nur, dass unsere, d. h. seine, von ihm gesetzte, Raumanschauung a priori nicht abgeleitet sein kann von absoluten oder relativen Bestimmungen, die vor den Dingen an sich existirten, was wohl kaum einer Versicherung bedurft hätte. [1]) Dass Kant's indirecter Beweis für die Unmöglichkeit

---

der Objectivität des Raumes, wie er ihn in der ersten Antinomie versucht hat, nicht stichhaltig ist, ist schon von Schopenhauer, später von Trendelenburg des Genügenden nachgewiesen; auch Lotze schliesst sich dieser Auffassung an. Wir können ihn demnach hier übergehen, zumal da für uns die Nichtexistenz des Raumes als eines objectiven Fürsichseins schon aus anderen Gründen gesichert ist. Nur darauf sollte hier hingewiesen werden, dass Kant's transcendentale Idealität des Raumes weder von ihm bewiesen noch überhaupt in dem Sinne anzunehmen sei. dass in den Dingen an sich gar keine Bestimmung vorhanden, die unserer Raumanschauung in irgend einer Weise entspreche.

Wir haben es zur Genüge dargethan, dass dem leeren Raume, der reinen Ausdehnung unmöglich eine eigene objective Existenz zukommen kann, weder vor den Dingen noch mit den Dingen, dass sie

---

dung. Tr. sagt S. 230 am oben citirten Orte: „Allem Dasein der Dinge gehen Bedingungen voran, welche also auch vor dem Dasein der Dinge können erkannt werden, das Eisen z. B. vor dem Schwert. dem es als Bestimmung zukommt. Nichts hindert daher. dass Raum und Zeit als solche Bedingungen vor dem Dasein der Dinge, welchen sie. weil sie sich ihnen einbilden. zukommen, a priori können angeschaut werden." — Das Beispiel vom Eisen und dem Schwert lehrt uns, wie der erste Theil dieses Raisonnements verstanden werden soll. Dem augenblicklich vor uns liegenden Dasein aller empirisch gegebenen Dinge gehen irgend welche Bedingungen voraus. die nun auch vor dem in's Daseintreten der späteren erkannt werden können. Gewiss ist die ganze Weltentwickelung nichts Anderes als eine ununterbrochene Kette von Bedingungen und Folgen. und die Bedingungen werden sich. zum Theil wenigstens. erkennen lassen. auch bevor ihre Folgen in's Leben getreten, so lange nämlich auch sie wiederum sich als irgendwie dinglich und empirisch bestimmt darstellen (wie das Eisen). — Nun aber wird im zweiten Theile ein Sprung in eine noch dinglose Welt gemacht, um dort als Bedingungen alles Daseins und vor dem Dasein der Dinge Raum und Zeit zu finden. deren apriorischer Anschauung durch uns nichts im Wege stehen soll! — Wir sehen von der Unmöglichkeit oder Möglichkeit dieser Anschauung ab. und fragen nur. ob Raum und Zeit in ihrem angenommenen objectiven Dasein auch nur im Entferntesten noch zum Vergleich passen mit dem „Eisen" des ersten Theiles, ob sie in der Weise als Bedingungen der Dinge zu fassen seien. wie das Eisen als solche für das Schwert gelten kann! — Es handelte sich bei Kant übrigens um das Ding an sich, für das keine Folgerungen gezogen werden können aus der Veränderung und Entwickelung unserer empirischen Vorstellungswelt. Der logische Fehler im Schlusse ist offenbar und besteht darin, dass im ersten Satze ein Urtheil ausgesprochen ist, das nur für unsere empirische Welt Geltung hat. das dann aber im Schlusssatze als völlig allgemein und auch für die Welt der Dinge an sich für den Raum und Zeit in ihrem objectiven Sein (das angenommen wird) als geltend verwendet wird.

vielmehr nichts Anderes sei als unsere subjective Anschauung, eine Anschauung aber, die nicht in uns a priori vorhanden, wie Kant will, sondern eine Anschauung, die sich erst in uns mit den empirischen Vorstellungen der Dinge entwickelt. Und haben wir schon bei Gelegenheit der Kritik der Kantischen Sätze darauf hinweisen müssen, wie unsere empirische geordnete Raumanschauung auch bei einer a priori zu Grunde liegenden reinen Raumanschauung unmöglich wäre, wenn in den sinnlichen Vorstellungen gar keine Bestimmtheit läge, nach der sie sich in die vorhandene reine Anschauung einordnen könnten, so wird eine derartige Forderung bei unserer Auffassung einer physicopsychologischen allmäligen Entwickelung der Raumvorstellungen bis zur Gesammtanschauung desselben zur zwingenden Nothwendigkeit. —

Die Aneinanderordnung unserer Vorstellungen kann keine beliebige, nur vom Subject abhängige sein; denn dann wäre es ein reiner Zufall, wenn die räumliche Ordnung der Vorstellungen auch nur in zwei Subjecten dieselbe wäre. Sie ist aber in allen Menschen einander entsprechend und nur modificirt durch ihre verschiedenen örtlichen Standpunkte und in ihrer Ausbildung nach dem Grade der verschiedenen Gesammtentwickelung derselben. Modificirt ist sie nur in dem Sinne, wie sich auch in jedem Einzelnen die räumliche Anordnung der Vorstellungen modificirt, wenn er selbst seinen Ort verändert. Zwei Menschen, die sich genau auf denselben Standpunkt nach einander stellen, haben genau dieselbe räumliche Anordnung ihrer Vorstellungen, wenn diese inzwischen nicht selbst in Bewegung gewesen sind. — Jede astronomische Bestimmung, die an verschiedenen Orten und von verschiedenen Menschen ausgeführt wird und dennoch genau zu demselben Resultate in der Orts- oder Bewegungsbestimmung irgend eines Himmelskörpers gelangt, wäre ein Unding, wenn unsere Vorstellungen selbst nicht irgend eine Bestimmung mit sich führten, die ihnen ihren bestimmten Platz im Verhältniss zu anderen Vorstellungen in unserer Raumanschauung anwiesen. — Aber auch, wenn man an ein Subject allein denkt, ergiebt sich dieselbe Folgerung. Es ist Jedem von uns unmöglich, einem angeschauten Gegenstande, einer Kugel z. B. ein Mal diese, das andere Mal jene Form, z. B. die eines Würfels, zu geben. Alle sich nicht selbst inzwischen verändernden Gegenstände erscheinen uns immer in derselben Form, sofern nicht unsere ursprüngliche falsche Vorstellung von denselben durch spätere Anschauung corrigirt wird; aber auch zu dieser Correctur unserer ersten Auffassung würden wir nicht kommen können, wenn nicht in den Vorstellungen selbst eine sich auf unsere Raumvorstellung beziehende Gesetzmässigkeit läge. — Jede Naturansicht, mag sie uns in topographischen Aufnahmen oder in Bildern alter Meister vorliegen, zeigt uns heute noch dieselben Hauptlinien, und nicht nur die Sonne Homers strahlt uns auch heut noch in der alten Weise, sondern auch Homers Land, Homers Inseln und sein Meer liegen noch heute so vor unseren anschauenden Blicken, wie er sie geschaut.

Alles dies zwingt uns, in unseren Vorstellungen selbst eine örtliche Bestimmtheit zu einander zu suchen, nach der sie in uns eine Raumvorstellung entwickeln und sich selbst in sie einordnen können. Das Dort und Hier muss irgendwie angedeutet uns mit ihnen kommen, wenn wir sie trotz ihrer einheitlichen Zusammenfassung im Subjecte doch als dort und hier und unter diesen bestimmten Formen vorstellen sollen. Da nun aber doch unsere Vorstellungen von den Dingen nichts anderes sind und sein können als Erscheinungen in unserem empfindungs- und vorstellungsfähigen Subjecte, hervorgerufen in uns durch die Einwirkung eines irgendwie ausser uns existirenden wirklich Seienden, Realen oder Ding an sich, wie man es nennen mag; und wenn andererseits unser Subject die räumlichen Bestimmtheiten, die in den Vorstellungen liegen, nicht aus sich hinzuthun kann, so müssen jene Bestimmtheiten uns ebenfalls durch die Einwirkungen des Realen ausser uns gegeben sein; d. h. die Dinge an sich müssen in ihrer Beziehung zu uns irgendwelche Unterschiede an sich tragen, die wir nicht anders als mit örtlichen Unterschieden und örtlichen Bestimmtheiten bezeichnen können. Aber diese verschiedenen örtlichen Beziehungsverhältnisse zu uns wären wiederum nicht möglich, wenn nicht die realen Dinge an sich auch zu einander in solchen örtlichen Beziehungen ständen. Wenn unsere räumlich geordnete Vorstellungswelt möglich sein soll (und sie ist möglich, denn Jeder hat sie vor sich), so müssen auch die Dinge an sich in irgend welchen Beziehungen stehen, die dieser unserer räumlichen Anschauungswelt entsprechen und die auch bestehen bleiben, wenn kein Subject vorhanden wäre, das diese Beziehungen in unsere subjective Raumanschauung übersetzte. Diese Folgerung aus der uns vorliegenden Welt der Anschauung ist ebenso nothwendig wie diejenige, die uns zwingt, den Dingen an sich oder ihrem Zusammenwirken, freilich für uns unbekannte, Bestimmtheiten beizulegen, in Folge deren sie in uns jene Sinneswahrnehmungen hervorbringen können, aus denen sich unsere Vorstellungen zusammensetzen. Man wende dagegen nicht ein, jede Speculation, die über das Reich der Phänomene hinausgehe, sei durchaus unzulässig, da man von den Dingen an sich nichts wissen könne. Auch wir behaupten ja gar nicht, von den Dingen an sich irgend etwas Qualitatives auszusagen oder aussagen zu können, aber diejenigen nothwendigen Folgerungen, zu denen uns die Erfahrung selbst zwingt, — freilich eine gereinigte Erfahrung, die nicht schon in der Erfahrungswelt die realen Dinge selbst zu haben glaubt, — die werden auch in Bezug auf das hinter der Erscheinungswelt liegende Reale gezogen werden müssen, und werden mit voller Sicherheit gezogen werden können, wenn nicht etwa unser ganzes Denken und Vorstellen eine leere Phantasmagorie ist, der keine wirkliche Welt entspricht. Dann freilich, aber auch nur dann, wäre der obige Schluss zu verwerfen.

Wenn wir jene Beziehungen zwischen den realen Dingen räumliche genannt haben, so darf dies natürlich nicht so aufgefasst werden, als seien die Dinge an sich in einen wirklich vorhandenen Raum eingeordnet, der vor ihnen vorhanden, oder auch dann vorhanden, wenn sie nicht wären, oder auch da vorhanden, wo sie nicht sind. Wir haben mit aller Entschiedenheit einen für sich bestehenden leeren Raum zurückgewiesen und dargethan, dass das rein Leere nur ein leeres Nichts sein kann: jene Beziehungen zwischen den Dingen und zu uns, die uns als räumlich erscheinen, sind eben nur da allein vorhanden, wo Dinge vorhanden, und räumlich sind diese Beziehungen nur deshalb genannt, weil wir für Alles, was die Dinge an sich betrifft, immer wieder genöthigt sind, die Ausdrücke von der Erscheinungswelt herzunehmen. Man sollte dafür in der That einen anderen Ausdruck brauchen, weil „räumlich" sofort den Gedanken an unsere subjective Raumvorstellung mit ihrer leeren Ausdehnung u. s. w. weckt, die hier durchaus ausgeschlossen werden muss. Wenn man das System dieser Beziehungen mit Herbart einen intelligibeln Raum nennen will, eine »Zusammenfassung des Realen im Denken« bedeutend, so ist dagegen nichts einzuwenden, nur muss man darauf bestehen, dass Alles davon ferngehalten werde, was mit unserer subjectiven Anschauung der reinen Ausdehnung zusammenhängt. Es ist nichts weiter als ein System von Beziehungen, in das die realen Dinge sich nicht etwa erst einordnen, nachdem es schon vor ihnen vorhanden, sondern das allein mit ihnen und durch sie ist; sie allein sind der Träger desselben, und wäre es denkbar, dass sie entstanden wären, so wäre dieses System von Beziehungen auch erst mit ihnen entstanden, verschwänden sie, so würde auch dies verschwinden. — Nur wenn diese Beziehungen in einem anschauenden, sinnlich begabten Subjecte zusammengefasst werden, erst dann giebt es eine Vorstellung, eine Anschauung des Raumes; für die realen Dinge aber ist derselbe nicht vorhanden, und wenn wir uns genöthigt sehen, in Bezug auf sie die Ausdrücke nebeneinander, auseinander, ferne von und nahe bei einander zu brauchen, so kann dies nur der Kürze des Ausdrucks wegen geschehen.

Welcher Art diese intelligibeln Beziehungen nun sind, und ob wir überhaupt über sie etwas aussagen können, dass ist eine Frage, die hier nicht hergehört; wir hatten nur zu constatiren, dass unsere subjective Anschauung vom Raume uns zwingt, derartige Beziehungen mit Nothwendigkeit für die realen Dinge zu postuliren, wenn jene selbst zu Stande kommen sollte. Mit jenem intelligibeln Raume haben wir hier nichts weiter zu thun, wir haben ihn nicht zu construiren und am allerwenigsten, wie Herbart in seiner Synechologie dies gethan, ihn zur Grundlage der Mathematik zu machen: diese bewegt sich vielmehr ausschliesslich in unserer subjectiven Raumanschauung, wie auch Herbart dies an einem anderen Orte zugiebt.[1] — Ebensowenig gehört die Frage hierher (sie könnte eigentlich gar nicht gethan werden, und kann nur aus einem Missverständnisse des intelligibeln Raumes fliessen), ob der intelligibele Raum endlich oder unendlich, und ob er bis in's Unendliche theilbar ist oder nicht. Bei unserer subjectiven Raumanschauung ist diese Frage berechtigt, und wir haben die erste an ihrem Orte dahin beantwortet, dass für unser Denken der Fortschritt in unserer Raumanschauung bis in das Unendliche möglich ist, und fügen hier hinzu, dass in unserem Denken auch die Theilung bis ins Unendliche fortgesetzt werden kann. Für den intelligibeln Raum aber, der ja nichts anderes ist als ein System von Beziehungen an und zwischen den Dingen, müsste die Frage dahin umgeändert werden, ob das Reale als unendlich oder als begrenzt zu denken, und ob dasselbe als ein bis in's Unendliche Theilbares

---

[1] Herbart, Ausgabe Hartenstein vol. III. S. 423.

oder als ein aus untheilbaren letzten Elementen Zusammengesetztes gedacht werden müsse. Bei dieser Fragestellung ist es leicht einzusehen, dass wir uns hier nicht mit ihr zu befassen haben; denn der intelligibele Raum endet da, wo das Reale zu Ende ist; ist dies unendlich, so geht auch dies System von Beziehungen bis in's Unendliche, ist jenes unendlich, so ist es auch dieses, und darüber hinaus ist nichts. In unserer subjectiven Raumvorstellung aber liegt nichts, das uns nöthigen könnte, jenes System von Beziehungen und somit die Materie als ein Unendliches zu postuliren. Hätten wir eine wirkliche Vorstellung eines unendlichen Raumes, dann freilich wäre jene Folgerung nothwendig, auch das Reale mit seinen Beziehungen bis in's Unendliche gehend anzunehmen, da nur so jene Vorstellung entstanden sein könnte; dies ist aber nicht der Fall; es ist vielmehr nur eine beschränkte Raumvorstellung gegeben und zur Idee des unendlichen Raumes gelangen wir nur, indem wir über die gegebene subjective Vorstellung mit unserem Denken hinausgehen. So bleibt es ganz unmöglich, aus unserer Erscheinungswelt einen Schluss zu machen über die Endlichkeit oder Unendlichkeit des Realen; denn selbst, wenn es unendlich wäre, würde uns immer nur ein begrenzter kleiner Theil desselben als Vorstellung gegeben sein, und zur Idee des Unendlichen gelangten wir auch dann nur durch Hinausgehen in unserem Denken über die gegebene Erscheinung, und auch hier wie oben könnten wir nichts wissen über die Unendlichkeit des Realen, selbst wenn sie vorhanden wäre.

Druck von H. Sieling in Naumburg.